《昆仑圣殿格尔木文学丛书（第二辑）》
编委会

在广袤的土地上放歌

——写在“昆仑圣殿格尔木文学丛书（第二辑）”出版之际

在我们这个星球，自有人类以来，精神和智慧的火花就一直与生命的长河相伴相生。文学、艺术的发展也莫不如是。

近年来，格尔木这座耸立在戈壁荒原上的城市，依托独特的地理优势和丰富的昆仑文化资源，各项社会事业发展迅猛，文学艺术的发展也一日千里，呈现出勃勃生机。尤其是国家西部大开发战略的实施，使柴达木盆地各项事业的发展面临千载难逢的历史机遇。柴达木盆地已成为一片激荡着大开发热潮的西部热土，成为我国西部经济快速发展的一个亮点。

格尔木这个20世纪50年代因路而生、因路而兴的新兴工业城市，因其特殊的发展历程，城市文化中蕴含着昆仑文化的丰富内涵，体现在军旅文化、农垦文化、知青文化、移民文化诸多方面，反映到文学中，就出现了各种文化相互交融，既有区别又相伴而生的特点，辨识度较高。格尔木市前前后后涌现出了一批知名作家，如军旅作家王宗仁，知青作家卞奎、魏忠勇，诗人曹有云、陈劲松等，作家唐明、梅尔更是当下青海省儿童文学创作和现代长篇小说创作领域的中坚力量。他们都是格尔木发展的亲历者，正是他们的这种经历，使他们在创作中体察百姓的所思所想，与百姓心有灵犀，作品更贴近百姓的心。他们在日常的创作中勤于思考，敏于领悟，在平淡无奇的生活中发现人生的真谛，于人们不经意的细枝末节挖掘出微言大义，让更多的人认识和了解了这片土地的人文历史和自然风貌，也让这片土地上建设者的身影出现在了大家的视野之内。

都说文化是一个地方最深远的语境，文化环境也不能单纯理解成物理意义上的环境，对它的理解更不能局限于当下的一时一地。格尔木市文联为不断给广大人民群众提供更优质的文化环境，这几年一直在不断拓宽各个艺术领域，文学、美术、书法、摄影、音乐、舞蹈、影视等各协会都硕果累累，成绩斐然。

2017 年格尔木市文联出版了“昆仑圣殿文学丛书（第一辑）”，这是文联成立以来第一次出版系列文学丛书。今年我们又迎来了“昆仑圣殿格尔木文学丛书（第二辑）”的出版，在第一辑的基础上，我们欣喜地看到，这次作者所在的行业更广、涉及的地域更广。在戈壁新城这片广袤的土地上，文学新人不断涌现，文学作品层出不穷，文学队伍不断壮大。他们在这片充满梦幻、蕴含着无限可能的土地上，汲取着丰富的营养，迸发着无穷的灵感，跟随着新时代的脚步放歌，创作出了一大批富有时代精神的可圈可点的文学作品。

使命召唤担当，事业需要人才。新时代的社会主义文艺繁荣发展，需要我们坚持思想精深、艺术精湛相统一的创作理念，需要一大批德艺双馨的艺术工作者付诸实践。要做到德艺双馨，每一位文艺工作者都要时刻保持高度的责任感、紧迫感和使命感，运用我们熟悉和擅长的艺术形式，以胸中有大义、心里有人民、肩头有责任、笔下有乾坤的精神，践行繁荣发展社会主义文艺的历史责任。

习近平总书记指出，当代中国共产党人和中国人民应该而且一定能够担负起新的文化使命，在实践创造中进行文化创造，在历史进步中实现文化进步。这是一种期待，更是一个目标。新的时代已经到来，新的机遇也在等待着我们。

“昆仑圣殿格尔木文学丛书（第二辑）”的出版，是我们培育、壮大本地文学队伍的具体举措，也是对近年来我市文学工作者创作成果的一次较为集中的展示，更是对今后文学事业发展的期盼和祝愿。

此套丛书的出版得到了市委、市政府及相关部门的大力支持和帮助，在此，我们向各位领导和所有相关部门表示诚挚的谢意，也向为此丛书的出版奋力笔耕的各位作者表示深深的敬意和诚挚的感谢！

青山元不动，浮云任去来。愿这片充满希望的广袤土地，今后诞生更多更优秀的作者和作品，愿格尔木这方热土在昆仑文化的滋养下，呈现出更广阔的文化气象和多元化格局！

是为序！

格尔木市文联主席　王　韬

2019 年 7 月

边风乡愁三十年

——诗集《雪菊花开》读后

上个世纪的八十年代前期，是我的生命中最诗意的年代。那时我在宝鸡市文艺创作研究室工作。自己写诗，还担任《宝鸡文学》报的诗歌编辑，所以联系了许多青年诗歌爱好者。当时正在宝鸡师范学院（现宝鸡文理学院）读书的宋碧波就是其中之一。记得碧波的诗句长长，诗情洋溢，很有才情。他和当时同是师范学院大学生的杨宏科，都是我非常看好的大学生诗歌新秀。（杨宏科就是后来的陕西省作家协会副主席、著名作家红柯，不幸英年早逝。）

八十年代中期，宋碧波去了青海格尔木工作，在那个激情燃烧的年代，这种选择本身就非常诗意。一个西府青年告别家乡只身西行，在遥远的青藏高原干一番事业，令人神往。我祝福过碧波，希望他在青海写就人生的大诗篇。记得后来还收到过碧波从格尔木寄来的诗稿，了解到他在那座边城工作得很不错。再后来，毕业留校的杨宏科也去了新疆奎屯，用一个“行为艺术”的“大招”

再写西行传奇。之后许多年中，我常常为这两位小老弟的壮行而感慨。

八十年代末，我到西北大学作家班上学，后工作变动、文学大环境也发生了变化，再后来我又调回西安，和许多朋友渐渐失去联系。直到前年赴宝鸡参加一个诗会，又见到了碧波。三十多年的时光，让当年的西府帅哥，一下子变成了一个饱经风霜的中年汉子，真是感慨万千。碧波还在写诗，而且已经是有所成就的西部诗人，更让我为之欣喜。尽管我们都不再年轻，但初心不改，诗情依旧。

这次有机会读到碧波即将付梓的诗集《雪菊花开》，其中收录的大都是碧波的近作。这些诗有一半写青藏高原，一半写故乡凤翔，一半是边城的风霜雪月，一半是故园的乡愁乡情。所以，当我想写下一点对这些诗作的读后感时，脑海中立刻就出现了“边风乡愁三十年”。

先说“边风”。这个词很有历史，唐代诗人武元衡有“边风送征雁”，苏颋有“边风思鞞鼓”，宋代诗人梅尧臣有“边风惨惨听胡笳”。碧波所在的格尔木，位于柴达木腹地，是进出西藏的门户，用这个词来表示没什么不妥。在这些“边风”类的诗作中，碧波写了青海最具标志性的青海湖、昆仑山口、可可西里、西部雅丹、达坂山、郭勒木德草原等壮美风光，也写了胡杨、红柳、雪菊花、白莲花和鹰、骆驼、藏羚羊等生存于高原的生命。读着碧波的诗作，犹如行旅在青海高原，眼前变幻高原风光，心灵感受高原魂魄，美美过了一把瘾。

碧波是八十年代成长起来的诗人，他的诗歌语言自然和这个时代同步，是一种开放和灵动、富有张力的诗的语言。读这些诗的时候，我常常为之眼前一亮：像“佛法一样磅礴的青海湖”（《青海湖》）；“峥嵘和狞厉，崇高和悲壮，是江湖上的过命兄弟”（《昆仑山口》）；“扑面而来的丹山层峦，如集聚于法会的红衣喇嘛，在佛光里垂手而立”（《坎布拉》）；“格尔木偏西的荒原，阳光给斑驳的意念打上青铜，时间在这里停歇发凉的脚印”（《西部雅丹》）；等等蕴含着一种雄浑怪异的魅力。

而较之于语言，这些诗让我更为看好的是诗中的境界和情怀。在青海高原生活三十多年之后，碧波已经和这方土地达到了一种心灵的默契，天人合一，物我合一，诗中一个个鲜活的意象，表达了诗人的情怀：

“九死一生的一抹芳魂 / 坐拥一派玄黄 / 从不与远近的事物争辩”（《天边的红柳》）

“曾经有几只比较抒情的藏羚羊 / 歪着脑袋将我仔细打量……在这可爱的高原精灵眼里 / 我，会是个什么意思 / 或者 / 谁的模样？”（《可可西里》）

限于篇幅，不再更多地引用原作了，相信未来的读者们在阅读时，自己会有更多的发现和感受。

碧波的“边风”类诗作中，有着老一辈青海诗人昌耀等人的苍凉冷峻的诗风，更有着自己的生命体验和感受，这些诗是写给青海高原大自然的情歌，是对生命的礼赞和美的吟咏。可以说，因为有了这些诗（包括碧波其他咏诵高原的诗作），碧波在青海生活的这三十多年，那真是没有白过。

接下来该说一说“乡愁”了。在这一部诗集中，这一类诗作所占的比重还更大一些。我的理解是，这些诗更多地表现出诗人生命的另一种内涵，这就是游子情怀。碧波在格尔木工作三十多年，漂泊在异乡边地，是一位名副其实的“游子”。可以说他就是用三十多年对故乡的思念，熬成了一首一首有着浓郁乡愁的诗歌。

在这些诗作中，故乡是悠久厚重的历史，是秦穆公雄霸一方的雍州，是北魏古城墙的遗迹，是苏东坡撰写《喜雨亭记》的小巷；故乡又是家园，是一架豇豆、一片红莲、一声乡音，甚至是一个正在“杀西瓜”的瓜摊；故乡还是亲情和友情，是外婆的名字，是在灵山上香的母亲，是同窗好友的相聚，甚至是童年那个“官打捉贼”的游戏；故乡更是说不完道不尽的久远记忆，这正像碧波的诗句：“原来所谓的远方，就是淹留岁月的原乡，是你年少时曾经厌离的地方，也是如今，只能在梦里亲近的故乡。”

在这一类诗中，碧波写的最多的是“月”和“雪”。

大概这两个意象，最容易引起思乡之情。“举头望明月，低头思故乡”，“露从今夜白，月是故乡明”，古来如此。在青海的无数个月明之夜，抬头看见月亮，碧波一定会想到西府古塬上家乡的月亮。雪也是一样，“青海长云暗雪山”，在青海多雪的日子里，诗人也一定会常常想起“散关三尺雪”，想起凤翔古城大雪纷飞的日子。有了三十多年酝酿，只要有一个契机点燃灵感，表达自然不同凡响。

读这些诗，常常引起我的共鸣。从 1968 年赴宝鸡“上山下乡”到九十年代末调离，我在宝鸡生活了三十年，度过青春岁月，留下无数难以忘怀的记忆。离别宝鸡二十年后的今天，正是这些氤氲着浓郁乡愁的诗行，让我真切地走回那熟悉的“第二故乡”，而数度掩面思远，心中久久难以平静。

所以，我感到碧波不但是一位优秀的新世纪“边塞”诗人，更是一个现今西部的“乡愁”诗人。这部《雪菊花开》诗集是一部饱和度很高的“纯诗”，是一部和生命与灵魂交流的记录。我为碧波写出这样的诗作而由衷地高兴。

在格尔木的三十多年，碧波一直从事行政工作，并多年担任领导职务，可以说是一位称职的公务员。而在繁忙的公务和行政环境中，居然还能够保持着这一份纯净的诗心和诗情，更是难能可贵。时光荏苒，三十多年弹指一挥间，如今的碧波已经过了“知天命”之年，进入了人生和艺术都已积淀深厚的成熟期，我相信碧波一定会写出更多更好的诗歌。

商子秦

2019 年 1 月 15 日写于西安

目录

CONTENTS

第一篇 天边的红柳

第二篇　月光小城

第三篇　故事的小黄花

第四篇 沧浪桥上

第一篇　天边的红柳

天边的红柳

你看到那些红柳了吗?
它空阔于天边
九死一生的一抹芳魂
坐拥一派玄黄
从不与远近的事物争辩
戈壁大漠粗粝的风
能够吹僵阳光吹死石头
吹不坏这寒铜[①]一般，神龛上新鲜的灯盏

在西部雅丹
我们迎着漠风
携手走向洪荒
去吻别瀚海怜察的一尾胭脂鱼
云朵在海蓝里哗变
流宕的脚窝，向天外拓展
鸿雁的影子正扶摇绕嘴的沙粒遁入虚无

而当我们停下跋涉的行脚
不小心便成了红柳惺忪的眼眸里
放浪形骸的海市蜃楼

2018 年 10 月 24 日

注：

① 寒铜：原指铜镜，典出（唐）孟郊《君子勿郁郁士有谤毁者作诗以赠之》之二："玄发不知白，晓入寒铜觉。"

雪菊花开

那一年
昆仑山下大雪纷飞
少年跨着青骢马
去追寻远方的花儿
辽阔的高原，冷峻的旷野
春风大雅和卷鞘鸢尾，还没有跟上来

扔下石头阵
涉过激流滩
走进藏羚羊幽邃的眼帘
风声像忙碌的刀剪
大地纸短情长
阳光伸张斑斓的触角
将云朵的影子淡描于素笺
在雪灵芝的一片叫好声中
冰山的骨缝里，噗噗噗——

蹿出琥珀的火苗

阳光丢下一地盔甲

少年勒马前川

2018年11月6日

青海湖

眩晕是必然的
幻异？也未可知
你的眼眸里蓄势青色的大海[①]
那是悬壶 3196 米[②]
佛法一样磅礴的青海湖

每一次走近圣湖
总是按捺不住内心陡起的波澜
无处安身的苍黄，啸聚——
蓝的盛宴、蓝的经咒、蓝的火焰
能歌善舞的油菜花挤满蓝色的湖岸
穿金戴银的金露梅和桑吉卓玛
惊飞
镶于画卷的天鹅和云雀
灵魂在水天一色弥散
因果在黑与白、虚与实、有与无之间斡旋

朝觐者
从神迹里鱼贯而出
一再俯首，拣起自己的肉身
在安详的清虚里走远

这一切终将消隐
有那么多的胡兀鹫
蹙眉，悄声定气
将硬疣一样突出的日月山，看了
一遍又一遍
身后
湖水正被潮汐般的暮色冲淡
撒满星宿的夜空
蓦然变蓝

2018 年 11 月 5 日

注：

① 蒙古语称青海湖为“库库诺尔”、藏语称为“错温布”，均为青颜色的大海之意。

② 青海湖高出海平面 3196 米。

昆仑山口

通常，我们去昆仑山
是基于一种崇高的心理现象

汽车在一望无际的瀚海上浮沉
游弋的白云总是欢喜山峦的额头
却始终按捺不住
山峦瞟闪的紫赯面孔
你不知道是你在追
还是云儿牵着你在飞
当你就要亲近一朵好看的云彩
忽然就站在了海拔 4768 米的高度
你的身心已然云里雾里
你的灵魂正翔于大化秘境

无须一再举头四顾
神山从来不长草

峥嵘和狞厉，崇高和悲壮
是江湖上的过命兄弟
高耸入云的山头
只镌刻佛的眼神和星空的幻象
这个伟大的山口，最不缺少的
就是来来往往的大风
你可以倚着风、顺着风，或者迎着风
拿出你的小，让出你的轻
听任愈来愈清晰的梵呗和法号
勾兑你的意识和思绪
从你的心底取出一点亮
或者静观一场大雪一阵太阳雨
一遍又一遍演示蒙太奇
为六月的雪域高原，和来自远方的你
宣讲无常和轮回

自由的风马

这里的风
起于古拙起于苍茫
这里的风
起于神的一次轻叹鹰的一声长唳
这里的风
起于格桑梅朵梦中泄露的一个秘密
这里的风
并不起于青蘋之末

起风的时候
那些风马便成了鲜衣怒马
那些扁平的狮子、老虎，便有了飞翔的冲动
那些圆融的白、黄、红、绿、蓝，也
有了飞翔的想法

于是
云自由，风自由，心亦自由
驮着六字大明咒的风马
驱策五色风马的经咒
——也一身的自由

如果没有这雄性的风
那些飞禽走兽、秋草夏花、晨霈暮雪
——还有山之灵、水之鬼
是不是很寂寞？
如果没有这坐拥慈悲的风马旗
那些风，那些长风、习风[①]、流风，还有
想回头和不想回头的风
它们飘来飘去两手空空
会不会很失落？

它们一直在传经布道
它们是佛菩萨的使者
它们很努力

2018年9月11日夜

注：

① 习风，谓和风，语出《诗经·邶风·谷风》：“习习谷风，以阴以雨。”

金　光

最隆重的金光
不是西天高悬如意的逸响
是眉宇间荡漾的电闪
穿越寒武纪穿越冰川期
脱胎换骨的祭坛
前世的碣石　天外的灵兽

十年飞雪漫漶
顽石浪迹如风中沙漏
两种慈悲天各一方
手执风月和善念
在七月的青藏高原
又一个清凉之夏
东风扶摇两只薄怯的身影
直为大漠孤烟

且许暮光劫走八荒穹庐

良辰美景幡然入画

2018年7月19日

高原，辽阔或者隐喻

最好是一个人逡巡于戈壁荒漠
阳光大好　河山大好
旷野无语　神乎其神
一朵一朵的云彩来而不往
那时候我正在检阅石头
在一个沙柳包上我与一只风雕的“秃鹰”邂逅

恍惚间
那只鹰居然飞起来了
锋利的翅翼划开雪山的背脊
牵引我的目光飞向远方以远
我看到了遥远的地平线
若隐若现抖动着漠风的地平线
丝质的针脚一样
把天地缝合得严丝合缝
在一粒沙的尖叫声中

我变成了一块石头
一块沉默良久的石头

一大朵白云像大雁的倩影一样
从头顶飞过
我的灵魂触摸到云影珍藏百年的
清凉。那时候
我想唱一支牧歌却唱着云朵的《云朵》
我的歌声总被风声窜改
一曲未了
我已泪流满面

2018 年 4 月 27 日

高　度

在青藏高原
我觐谒过的几座名山大川
比如昆仑山、念青唐古拉山、可可西里山，
以及巴颜喀拉山和冈底斯山
都有佛的面容，神的威仪
它们的身旁总有祥云围绕
风雨的铢刀，冰雪的利刃划开四季
试图“佛面上刮金”
每一座大山都昂扬着一颗高贵的头颅
在苍茫时空大刀阔斧
在青藏高原
你能够抵达的高度并不是鹰的高度
海拔 5231 米
只是唐古拉山的一个垭口
也许在鹰的眼眸里
那是风马运送到山脚的一句经咒

那是一个人，恒定的命数
也是一个孤独的行者，穷极一生
能够抵达的，最后的
高度

2018 年 9 月 9 日

千佛崖

这里没有金身大佛
也不见粉彩菩萨
这是千里青藏线一个并不起眼的地方
这是昆仑山麓丰肌清骨的千佛崖

没有刀砍斧凿的痕迹
陡峭的山崖法相森森
这里的曾经，或许有过一场金刚大法会
离苦得乐的大风
夜以继日给佛菩萨图形造像
天庭玉树圆融无碍
菩提之心坚固不坏

总有朝圣者经过这里
五体投地丈量“无量寿净土”①
明行足②高悬古意

慈眉善目扶起风中叩首的影子

据说微尘亦有佛心
在你的身后，匆匆赶路的
不仅仅是千山暮雪，万丈阳光
还有沧浪之水，恒河之沙

2018 年 9 月 7 日

注：

① 指佛国清净之地。无量寿佛即阿弥陀佛，其国众生皆行十善，身口意三业清净，无有众苦，但受诸乐。

② 明行足，佛的十种通号之一，表示佛陀的内心具足两种功德：一为“明”，一为“行”。

坎布拉

是坎布拉[1]
迟暮他乡的坎布拉
云霄下慎默如一连串的谜团
群峰拱卫的德宏村
不见烟尘不闻犬吠
躲在墙旮旯的一捆旧柴禾
与一丛金露梅相亲相依
经过荷兰菊困惑的眼神
经过曼声诵经的风马旗
在一只小牛犊的引领下拾级而上
扑面而来的丹山层峦
如集聚于法会的红衣喇嘛
在佛光里垂手而立
方山城堡明明灭灭
祥云流霞悲欣交集
我们就像一群千里朝觐的香客

瞪大了眼睛放缓了心跳

任远了又近了的经诵赞呗

三皈五戒

半生的痒和悲

2018 年 8 月 10 日

注：

①“坎布拉”，藏语意为康巴人的庄园，位于青海省尖扎县境内。

夜宿鹿仁村

在甘南官鹅沟
一个山水宠幸的羌寨
翠谷幽深，云影凌乱
水声涤荡后土和前尘
草木鲜花待我若上宾
没有多余的声音和杂念
五角枫、野丁香和马兰花的馨香
在行云流水的意思中婆娑起舞
又如同来自远古的偈语
渗透清凉如斯的夜色
鹿仁廊桥上两块平静的石头
陪我听了半宿蛙声虫鸣
直到月光跌落湖面
夜鸟的一两声啼叫，转动禅的圆机

头枕山神的口弦

任飞瀑流泻的宫商，和
伊人明晰的呼吸
抬举我的灵与肉
很高，也很轻

2018 年 7 月 22 日

西部雅丹

大海的潮汐不曾远去
沙哑的浪花
偃伏于天涯孤旅，佛的喻理
空空的大漠，众神兀自打坐
谁在扶苏鸿雁的翅影？

格尔木偏西的荒原
阳光给斑驳的意念打上青铜
时间在这里停歇发凉的脚印
大风一次次经过
轰隆隆的云朵，以雅为骨
修复伊人的怀忆

2018 年 7 月 17 日

达坂山上

摁倒夏日阳光的呐喊
云里雾里都是清风和雨露的誓言
湍急的风声，流转的风水
前世未曾发芽的一个个悬念
看风景的人不在路上
谁将尘世的小路斜挂于云端上

此时大山的心事不可揣度
油菜花的意念也未可知
你一次次张开臂膀
试图托起高海拔的冷空气
等待空中掠过山鹰的模样

一大片明黄的芳香从浑沌里跳将起来
像神的微笑

意味深长呀，意味深长
擦亮雾术[1]喑哑的记忆

2018 年 7 月 10 日

注：

① 雾术，指云中之路。语出（唐）王勃《八仙径》："援萝窥雾术，攀桂俯云阡。"

衣不蔽体的骆驼

阳关古道边一峰低头觅食的骆驼，
似跑散了架的逃兵，
衣衫褴褛，有些忧郁。

“小妖一米”称它为——
史上最丑的骆驼，好像没有之一。
诗人陈劲松幽了一默：
真是褪毛的骆驼不如猪呀！
我想：
这可怜的骆驼，该跋涉了多久呢？
竟然磨烂了那么厚道的真皮衣！

在天水的表妹比较天真，
急匆匆问我：它遭遇了什么？

天汉文士万敏杰故意发出一声赞叹：

好漂亮的乞丐装呀！
现在的骆驼也真会赶时髦！

一脸无辜的骆驼！
应该没有人虐它，
无意间竟招致这么多的误解和谑趣。
它只不过临时穿了一身破衣和烂衫，
它身旁的六月和戈壁滩，一直
劣迹斑斑。

青海有一个藏族美女叫秀秀，
她大约一直在替沉默的骆驼着急，
终于忍不住发话了：
——“人家”在得空换毛，
好不好！

2018年6月12日

荒原上的一棵树

在柴达木盆地的戈壁荒滩上、小柴旦湖旁，孤立着一棵道班工人栽种于上世纪五十年代的老杨树……

一棵兀立荒原的树
一棵顶天立地的树
戈壁碣石的一声曼啸
绿焰的惊悚
云水的脚本
挂满了阳光、月亮和星星的眼睛
还有我
一次次擦肩而过时
彳亍的眼神

有时候
我把它比作昆仑神——
手举的一束爝火

辉映大漠孤烟的前生
照亮舍身求法者的来世

菩萨的行脚
落在青藏的妙空

2018年6月11日

可可西里

我要送你一个盛大
一个盛大来袭的阒寂
一些不可思议
居然也能掏空了天地
就像这秃鹫的翅翼
慢条斯理切开时间的青光

洁白的云朵轻移莲步
在蓝丝绸的天幕上悄悄地秀
物物有神吧
只有过于慷慨的阳光
有可能裂帛一样
噼啪作响

在可可西里
一个地高天远，人迹罕至的地方

我仿佛冬日露骨的草原
灵魂坦荡

又到了迁徙的季节
成群结队的藏羚羊凌驾于甚嚣尘上
飞，或者奔
前方就是梦中神秘的卓乃湖
狼，还有狼的狈
阴谋爬上山岗
野牦牛阵形夸张，睥睨八荒

一场豪雨之后
应声而起的点地梅，虎耳草
有些小小的慌张
它们要赶在黎明到来之前
搭设无明的产房，以及华丽的墓床
生命的密码
野性的天堂

在可可西里
懒懒散散的藏羚羊
一次次与我凝眸相望

在它思无邪的眼神里
我读到的，是琴啸自适的处方
多年以后
我还会时不时地想起
千里青藏线风雪苍茫
曾经有几只比较抒情的藏羚羊
歪着脑袋将我仔细打量
只是我一直不甚明了
在这可爱的高原精灵眼里
我，会是个什么意思
或者
谁的模样？

2017 年 3 月 3 日

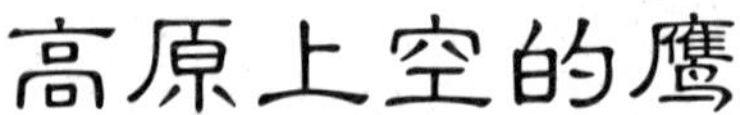

高原上空的鹰

我在可可西里的冰川旁
曾经看见一只鹰
高高地嵌在虚无中
就像美丽少女绣在蓝丝绸上的图腾
不鸣也不动
时光是静止的
空气是静止的
我和野牦牛的眼神
也是静止的

我在玉珠峰的山脚下
曾经看见两只鹰
就像两颗黑心的子弹
“砰——”的一声，一起射出云层
我正在观摩两只鼠兔的战争

我在格尔木的上空
从未看见过鹰
也许它在远征途中
曾经匆匆地斜了这个城市一眼
它一定有过一声穿凿时空的长啸
雪花的疼痛差一点掐灭它的后半声
它是不是小看了——
这个城市蚁巢一样的屋舍
以及鼠兔一样
风中奔跑的人心？

2018 年 4 月 29 日

万丈盐桥

毫无疑问
这里的水，不是侔色揣称的水
5856平方公里
装满炉火纯青的骨气

风，促狭于青盐和弱水的配方
盐的抒情忙活成密不透风

与阳光和戈壁对峙久了
厚道的湖水也开始怀疑时空
在它的头顶
盐的花朵放下千般身姿
修炼为貌似虚静的万丈折痕

在察尔汗
我一次又一次目睹老火车

扔下一地风的嘘息

踏驰龙骨一般的盐桥

渡过苦海

2018 年 10 月 31 日

西行路上

在一场倒春寒里
登上西去的列车
戊戌季春的青海
与三十年前的哈尔盖之夜有些雷同
西风如圣谛
浇不灭渴爱止息的心相和流云
强健的山峦忘记了身重
一粒粒寒鸦色向着星空飞奔
妄念铮铮
如骷髅
刻骨于一场春雪
一段嫩寒
仰望青藏的空
逼近青藏的空
今夜的青藏
没有太多的过眼烟云

只愿用三十四载苦旅风尘

置换几行润骨雅文

2018 年 4 月 4 日夜 于 K9803 次列车上

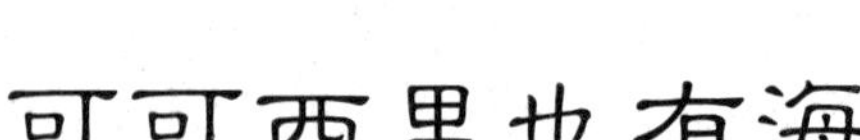

一提到可可西里，
就会想起那些绿的、蓝的水，
那些干净的、安静的水，
比如楚玛尔河、跑牛河和等马河，
这些大地舒扬的脉象，
冰川的宠爱，
它们都有取用不尽的盘缠，
甘愿一生都在佛的膝下祈赛。
太阳湖、卓乃湖，还有雪莲湖，
诚惶诚恐收藏流水的颂词，
以及雪山柔软的记忆，
终于成为略胜于蓝的，
大海。

可可西里也有海，
不只有喧哗的瀚海，

也有灭寂了涛声的大海，

那是一张张陷落苍鹰和流云的海，

那是一澹澹可以栖息灵魂的海。

太阳是灯塔，

月光做航标，

云朵总会赶来升起风帆。

竞渡，

竞渡，

心心往生极乐的彼岸。

2018 年 4 月 28 日

格尔木的一场酒

从“晟源春”出来
雪山下的藜麦和荒原上的枸杞
还在酒窝里斗法
夜色不重
轻声如口上的一匹马[①]

格尔木西郊的夜晚
清水河不舍昼夜静静流淌
星空下蜿蜒着一些老银子的光亮
哈达的明黄在草原的甲骨上迎风轮回
祉祐和运命在盐的舌苔上赛跑

再见！我的兄弟姐妹
今夜赠我九杯忘情水
又一次看见北斗七星

“刘能”——

快看你们家，不一样的星空

2018 年 4 月 16 日

注：

① 藏语“哈达”直译即“口上的一匹马”。

忆胡杨

雪山娉婷
冰点的毛眼眼毙伤滥情的阳光

胡杨高举神祇的誓词
悲悯越千年

大漠的钵盂
独孤一堆金币

2016 年 6 月 1 日

第二篇　月光小城

月光小城

在青藏高原
一个月光小城
我曾经一次次梦见一棵大树
一棵守护着马王爷庙址
被炊烟和月光喂养百年的龙爪槐

梦见月光像忘川之水
在树的脉腔里淙淙流淌
树上一群懵懵懂懂的鸟儿
替我一遍遍数星星
梦见满树的鸟儿也在忙着做梦
它们的梦
柔软如陶罐上的一尾鱼
在一个人的小河里逆流而上

翩眇[1]于小城的鸟鸣
背负秦岭的月光
有着黄鹂的婉约、子规的蓝喉
鲜花青草般雪山明快的掌纹

回到故乡的日子
我不再是一个城里的倦客
每一个微凉的夏夜
都饱含着斑鸠的深沉
虫儿的共鸣

2017 年 6 月 26 日

注：

① 翩眇，犹轻盈。语出（晋）陆云《寒蝉赋》："翩眇微妙，绵蛮其形；翔林附木，一枝不盈。"

最后一片叶子

——题戴志超摄影作品

最后，
你成为旷野一所装满遗忘的空房子，
目睹光阴在筋骨上一寸寸走失。
最后，
你成为打坐入定的最后一片叶子，
四面边声舍命陪君子。

最后一片叶子，
为谁厮守终生？为谁摇荡性灵？
最后一片叶子，
为谁持节？为谁执幡？
这人世间老皇历般的一个执念，
佛菩萨慈悲的一滴泪痕，
寒露至今没有写好的一张贝叶经…

2018 年 11 月 3 日

一只成功登顶的喜鹊

雁南亭上
一只喜鹊抢先于我，成功登顶
结果一样的小头颅，昂扬，显赫
就像一个临风远眺的悬念
它的身后
出离的云儿戛然而止

我自以为眼神尚好
却猜不透它此刻的表情
也不见它引吭哏嘎
你要承认
绅士的喜鹊就是喜鹊的绅士
它不是来寻孤独

云如痴念朽散
鹊如烛花摇影

也许它并非一个隐喻或谐趣

是时光的神来之笔

是秋风里

霜降的一个戒疤

2018 年 10 月 23 日

九月日记

秋风飒飒，
无论东湖西海。
柯枝疏漏的一缕缕阳光，
提着草木之心。

蜜蜂意于闲花迷香间，独善其身，
在月光的激赏下，
一夜练就了精准的绝技。
囿于缸中的一朵雨荷，
为鱼儿剪裁残山剩水。

九月，从不辜负九月，
九月，只是辜负了远道而来的玄鸟，
“一回来，一回老”。①

又一个雨后的傍晚，

饥馑多日的鸟儿，
最后一次，反复打量，
空空如也的葡萄架——
唉，今年的雨水有些锋利，
所剩不多的硕果，已被一粒粒剖解，
肥了一季蝼蚁。

注：

①（唐）白居易《长安道》：“自古朱颜不再来。君不见，外州客，长安道。一回来，一回老！”

雁南亭上

我来时
夕阳正要下山
“长亭外”不见芳草
她的琴声幽咽，北风幽咽
一只乌鸦裹紧衣摆
闲置于一棵海棠树上

一曲未了
她用溪流一样的目光
把琴身擦拭了一遍，又一遍
不可思议的
与乌鸦对视了一眼

现在
那只呆头呆脑的乌鸦
成了名副其实的昏鸦

——不对
它就是诗人胡弦笔下
那口“铸铁的小棺材”
也是我的命理上，必须洗掉的
一块垢痂

2018年2月5日

秋的断章

1

秋渐凉
阳光放大清远
山色在丘壑间忧乐，或隐遁
汤汤渭水，流落瘦诗断章

2

一丛芦苇，一只红鹤
一曲蒹葭苍苍
啄开
秋风秋雨编织的帷帐

3

喧哗过处
残荷成了一个个深陷江湖的软骨头
低眉合十，喁喁私语

或食古

4

夜来寒露漏网的一只秋虫
——像蛐蛐儿又像蝼蝈
委身于暗黑不名处
啰唆或颤栗
——它惊悸什么？

5

湖畔
一个白头老叟，用自己
颤巍巍的二郎腿和漏风泄气的二胡
将雁阵似的云彩和一个人的秋思
稀里糊涂，拉长

幽　居

连鸟儿都有睡过头的时候
清晨的庭院如此宁静
我就像一个孤独的王者
率领一只粉娥两只彩蝶
例行公事般
巡视不大不小的领地
我采取的是无为而治的方法
野花小草尽可自由自在
谁也不要说长道短
村里来的豆角辣椒和南瓜
结不结果结多结少那是它们的事
谁也不要强人所难
你看，梅兄旁若无人将手伸上了葡萄架
我也睁一只眼闭一只眼
即便偷食果子的老乌鸦造访
我也不会驱赶

花朵，总会作废花朵
秋叶，兀自击落秋叶

走累了，就高卧于绿荫下
与几个灵醒的葫芦娃一起
翻看几页修短无常的闲书
路过的清风和桂香，亦如
游学的文士骚客
时不时凑过来，浅吟低唱

打几桶水吧
一个旧辘轳断断续续七八次
周全的转身
将深藏不露的甘霖请出老井
淋漓秋的道场

2018年9月29日下午

诗　月

将檀香燃起，
把红烛点亮。
咸阳的石榴、天水的葡萄、青海的月饼，
争相走上祭坛。
这是回到故乡的第一个中秋，
我要在自己的庭院举行一个仪式，
款待八月十五的月亮。
我一脸虔诚静待月光。

我甚至想象，
当云开雾散，一轮桂魄敲响长空，
湖畔的宿鸟、有架子的葫芦，也和我一样，
目瞪口呆，内心敞亮。
我想，我应该做点什么。
像母亲一样，双手捧香再三过顶，
低眉顺目念念有词？

这肯定不是我的长项。
那就朗诵一首诗词？
像苏轼老夫子一般，
摇头晃脑吟风弄月，
“人有悲欢离合，月有阴晴圆缺……”
然后低头作思索状。

——这显然有些刻意的夸张。
或者，狂妄一回模仿李太白？
背负双手昂首穹庐，
携金风玉露“把酒问青天”。
——而今夜的月亮，高洁于云上，
总是轻易不肯赏光。

忽然看见母亲在供桌前，点燃
一堆晦涩的往生钱。
夜色摇曳猩红的火舌，鼓动
浩浩荡荡的纸灰，
传说的玄鸟一样…

2018年，中秋夜，未见月

东坡巷

这是一条有些逼仄的小巷
它宽不过五尺，长不到百米
每日行走其间
恍若肉身在百步穿杨
悬空的线路像城市的愁肠，纠结
不名的信号和能量
走过路过的人们，总是称它东湖路
未名巷

这是一条闹中取静的小巷
棠棣和玉兰、桂花大隐于市
光阴的皱褶里次第着黛瓦粉墙
这里没有结着愁怨的、丁香一样的姑娘
下雨的时候
会走过几朵旧雨伞。如果你愿意
也可以把它看作，江南小镇的

雨巷

这也是一条诗意的小巷
它的另一端
银钩一样的东湖[1]垂钓春秋
湖畔拥挤着鸟语花香
这里有我叶落归根、云淡风轻的庭院
屋后，是苏轼凌虚听雨、挥毫洗砚[2]的地方
我要给它起一个“厉害了”的名字
这里是雍城东湖路——
东坡巷

2018 年 9 月 23 日下午

注：

① 谓凤翔东湖，为苏轼任凤翔府签书判官时，借古“饮凤池”扩建而成。

② 苏轼曾在此撰写千古名篇《喜雨亭记》《凌虚台记》，凤翔东湖至今尚有喜雨亭、凌虚台、来雨轩、洗砚亭等二十余处古风依旧的亭台楼榭。

望　月

月亮迟迟不见真容
中秋的月亮总会无端地献愁供恨
今夜的月亮
正在神的衣袂上，起草一个
十五的红月亮
今夜的月亮，能不能有一个
花朵的面相？

我看见另一个我，追随春江花月
在张若虚苦心经营的意境
流幻[①]
月亮上搭载了许许多多的眼神，还有
一些古老的传说、地址不详的书信

一阵清风唤醒我的眼睛
如同一个新的物种诞生

佛光一般豁亮的月光
已经在清秋的夜色里
悠然弹响

注：

① 流幻，谓流动变化。语出陶渊明《还旧居》："流幻百年中，寒暑日相推。"

戊戌五月十六的月亮

哦，这凌晨三点的月光
带着昨夜酒的芳香
就这样嫣然一笑
鸟鸣一样
跌落我的枕旁

那轮明月
该是昨夜从盛满美酒的银盏里升起来的吧?
流云琵琶语
幽子伴显客
苍穹放鹤

2018年6月29日

窗 外

1
听着有点乱
一拨又一拨的雀儿
兀自争吵
犬牙交错

杜鹃是手艺精湛的雕刻大师
正用火苗一样的啼叫
耐心地打磨长成风声的玉兰

被葡萄藤联手肢解的阳光
重重地摔倒在草地上

2
黄昏，钉是钉的雨点声
远行的云朵没有管住的羽毛

打肿百草的青唇
成了促织委曲的腔调

2018 年 6 月 3 日

午后即景

准备给生了腻虫的花石榴打药
忽然看见枝上列队前进的蚂蚁

它们丝毫没有觉察到危险的临近
兀自从害虫腻歪的团伙上艰难地爬过
就像虚度光阴的驴友
正在征服一座座怪石嶙峋的野山

我举动喷壶的手悬在半空
我在等这支深入敌后的队伍尽快撤离

这种感觉真好
——像不像悬壶济世？
而我手里的这把壶里
既是要命的毒药也是救亡的灵丹妙药

2018 年 5 月 29 日

黄昏，路过北魏城墙遗址

黄昏正给一个王朝补拍遗照
残垣断壁在瞳孔里燃烧
守岁的小黄花
穿上不合时宜的新衣裳
扶着一段枯朽的老城墙

遥想当年
一城独霸西戎
“金戈铁马，气吞万里如虎”①
凤楼晓钟“迎恩”
文笔朝晖“景明”②
“天下九州，唯雍其昌”

那些嵯峨的城垣呢？
拓跋焘骑着汗血马巡视过的“卧牛城”呢？③
秦始皇加冕诛嫪毒的祖庭宗庙呢？
百里奚要卖掉五张黑羊皮④

为秦穆公修建殉葬的三良冢
秦娥[5]远去矣
此地无箫声
空遗凤凰影

它没有等到新世纪
它被九乡十八村不明真相的老秦拆卸
它在一千五百多岁高龄时
被冠冕堂皇杀害
它倒下的身躯被称作“粪土”
它被热火朝天献祭了“大寨”

今夜
月光搭起丝绸的舞台
先秦垛口的促织
北魏瓮城的蛐蛐
还有唐宋女墙的蟋蟀
齐聚于西秦阡陌纵横的胸膛
振翅弹唱：
“佛狸祠下，一片神鸦社鼓”[6]

2017 年 5 月 28 日

注：

①⑥ 语出（宋）辛弃疾《永遇乐·京口北固亭怀古》。雍城：北魏古城墙，修建于太武帝拓跋焘时期。

② 古雍州城四座城门分别为：迎恩、景明、金巩、宁远。城有八景：东湖览胜、凌虚远眺、凤涧分流、凤楼晓钟、回龙烟雨、展诰云霞、文笔朝晖、城鸦晚噪。

③ 唐朝时凤翔城因城墙坚固、水深壕宽，被称为“卧牛城”。

④ 史载秦穆公用五张黑羊皮赎回晋国陪嫁的奴隶百里奚，并授之国政。

⑤ 秦娥，即弄玉，秦穆公之女，与萧史演绎了吹箫引凤的千古佳话。

惜　春

这些天我一直在忙着赠书
我喜欢在我的名字后面
春暖花开地写上：
“戊戌季春于小城凤翔”
我已记不清
在我的笔端生活了多少个“春”

早晨
八十有五的老母亲在庭院走“轮回”
突然停下脚步，看着一株指甲花说：
“快立夏了”！
我刚好写完又一个“季春”
“春”的尾巴不由自主地颤了一下

我得抓紧时间写啊
不然

这个灵狐似的春天

真的要从我的指尖上

逡遁了

2018 年 4 月 30 日

天上的风景

你看看这天
使人无话可说的高原蓝
落满虚空的蓝宝石
生长梦幻般的天雨曼陀罗
云端下
无所适从的三色堇
只能自逐明媚
女贞子却要联袂鸿雁
于是于飞

我呢——
就独坐于丁香树下
且用清风洗耳
聆听天堂花开的声音

天上的风景

是已经证悟的花朵在清欢
路上的风景
都是人在无趣时自作多情
想出来的
……

外婆的名讳

有许多年，
我都不曾听说外婆的名和讳，
您是知道的，
在陕甘一带——
即便父母的名讳也是讳莫如深的。
你看那些乡野黄口小儿，
有时就像倔巴的小公鸡一样，
一言不合就拿对方大人的名讳撒气——
“宋××！宋××”！“田××！田××”！……
似乎有此一叫，
再好听的人名也会成为骂名。

那时候，
外婆盘腿坐在炕头熬煮罐罐茶，
膝下是儿孙满堂的儿和女。
那时候，
外婆手持一副龙头拐杖，

在甘谷城叩响一声声祝福和问候。
青黄不接时遇见“下苦的人”，
外婆总会施舍几个钱儿或者一碗米
她是家族敬畏的“佘太君”，
是街坊敬重的杨家阿姨。
后来——
外婆手执念珠微闭双目端坐于蒲团上，
在佛的目光里渐渐无声也无息[1]，
她在一抹晚霞的掩护下上了青龙山，
去给早已在那里安家的外公做伴[2]。

直到 2016 年，才听三舅说：
外婆姓葛，讳心心。
三舅不解：
她老人家为啥叫个“心心”？
我知道，
那是观自在菩萨的正念[3]，
命脉一样在后人[4]身上绵延。
是唐诗里的“心心复心心”[5]，
一生一世结爱在人间。
为尊者讳，
如今我只能在心里一遍遍默念，

心心，心心，还是心心……
虽然有时也不得不念出声，
比如安安心心，顺顺心心……
还有心心相印，心心念念……

我念动这些辞语的时候，
孤独会后退那么一点点，
眼眸里会升起一些——
湿滑的温暖……

2018 年 1 月 30 日

注：

① 外婆生于 1907 年 8 月 24 日，在 1995 年 8 月 23 日的午后上香时殁于佛堂，享年 88 岁。

② 外祖杨公，讳发昌，字兴菴，书画家，生于 1895 年，卒于 1961 年，享年 66 岁，葬于甘谷县龙王庙半山。

③ 心心，佛家语，意为连绵不断的思想念头。亦指心愿。

④ 宝鸡、天水一带，称儿孙为“后人”。

⑤ 引自（唐）孟郊诗《结爱》。

故乡飘雪的日子

已经很久没有亲近过
一场本真如此的豪雪了
故乡 2018 年的第一场雪
来得要早一些
当弥天的雪花蔼蔼弈弈
万千尘缘顿作自然本色

蜡梅丝滑的冷香
抱紧雪花略显寒凉的肋骨
美人蕉柔嫩的指甲
为谁拈撮晶莹剔透的琼花?
渭水不再流利
终南山终归于鸿蒙
或者虚无之间
在故乡
一处植物赋象的庭院

与我一起

豹隐于一瓣洁净的雪花

2018 年 1 月 4 日

故乡的雪是认真的

必须是认真的，
即便一场有去无回的飘零，
也要翅影一样脱壳优游。
来吧，让我们手挽着手、心贴近心，
一起跳个舞！
道一声春的祝福，
填补时间的沙漏。
今生不为超度，
只为逸于蜡梅的枝头，
等待重逢。

云天是戒急用忍的，
一瓣沉静的雪花也是。
从腊八开始，
八百里秦川的又一场雪，
下了一天又一夜。

赐闲堂里，
我感到有些失措的眩惑——
这莽莽汤汤的琼芳，
穿窬凿隙的空蒙，
是玄幻？
——而玄幻，是不是
另外一种真实？

2018 年 1 月 25 日

大雪日，庭院的宁静时光

昨夜的西府又下雪了
这雪下得轻松也轻盈
留鸟的梦一样
月色一样素净

就在我临窗听雪的当口
一个有些憋屈的三亚小伙
还有他的短裤和凉拖
急匆匆行走于寒雪连天的上海滩上
憋屈的还有此前在西安上空晃荡已久的
终南积雪的形骸
拿不准是下还是不下
是梨花带雨还是长安大雪
或者只是一阵风一样
触摸一下大慈恩寺的角兽和风铃
提醒莅临岁暮的人们

准备，自扫门前雪

邻家屋顶的瓦松
竟敢长成祁连山的雾凇
庭院盛开的蜡梅显得有些谵妄
玉兰高擎受孕的花苞
圆润而饱满
是一瓣
陷入一场甜蜜梦境的雪花

扑棱棱地一声
一只夜鸟从棚顶的雪亮中蹒跚而过
所谓的鸿泥雪爪
看着也是不垢不净

2018 年 1 月 26 日

癫狂的雪，东湖的雪

还是想去东湖看一看，
去风雪动地的东湖看一看。
看一场盛大的雪如何盛大为缥缈，
看一场无中生有的雪，
如何从无中生有的有
归于无中生有的无。

我走得十分小心，
就像多年前，
去参谒格拉丹东仙女般的冰川，
生怕踩到雪花骨殖里隐秘的痛，
我几乎要屏住呼吸。

一池碧水，
一夜之间被修改为一面明镜，
镜中的柳暗邀花明啜饮。

庙堂般分分明明的亭台楼榭，
在有恃无恐的飞雪中证得圆满。

伫立东湖癫狂的雪乡，
我惶惑满面。
为什么，
为什么要把生出翅膀的水和石头，
混为一谈？

2018 年 1 月 27 日

湖畔，灵兽般的残雪

踏雪归来
眼眸里的委积
意识中的钩染
竟然全是湖畔残雪的灵动
树冠上、枝丫间
楼台外、沟壑里
大雪“因方而为圭，亦遇圆而成璧”[1]
就连平日眉目疏朗的针叶松
小骨头也齐刷刷举着玉如意

我还想到了另外一些词缀
比如玉沥、玉吹、玉毫、玉螭和玉麒麟
甚至还有玉押和玉禁
这样的喻说可能还是有点流俗
有时候
自以为高贵的珠光宝气

也许只会唤醒骨子里的怒气

它就是雪
它就是残雪
尽管曾经被唐古拉的残雪伤害
我还是喜欢雪
也就喜欢残雪

现在
它们是我意念中难以驯养的小灵兽
可以对付穷奇、梼杌、饕餮的小灵兽
比如朱雀、玄武和凤凰
伏匿于湖光的混沌里
不僭越
只在暗夜的梦里空空明明
飞

2018 年 1 月 28 日

注：

① 引自（南朝）谢惠连《雪赋》。

雪停了，我好像也不会写诗了

这些天
故乡的雪下得很认真
我的诗写得够辛苦

冻雀在刻薄的雪地里
为一顿粝餐而上窜下跳
人在坚硬的北风里
一心一意磨他的刃

落在湖面的雪
是春秋笔法的“高堂明镜悲白发”
狷介于我诗里的雪
成了我还不能驯服的小野兽

从第一瓣雪花落下的那一刻起
我在雪白的纸上写下水质的文字

雪停下的那一刻

我好像也就不会写诗了

2018 年 1 月 29 日

第三篇　故事的小黄花

格尔木

河流密集，还要密集，
你是冰的情怀，
冰是你的寿觞，
格拉丹东，水的硬朗。

水，去了哪里？
“行到水穷处”怎样？

这片草原，是郭勒木德的脚趾甲，
还是阿尔顿曲克的脚印？
你的肋骨间，
迷离的小河已然很旧，真的很旧。

这个城市肯定不是海子的德令哈，
一夜意淫的荒凉。
为什么在她的荫庇下，

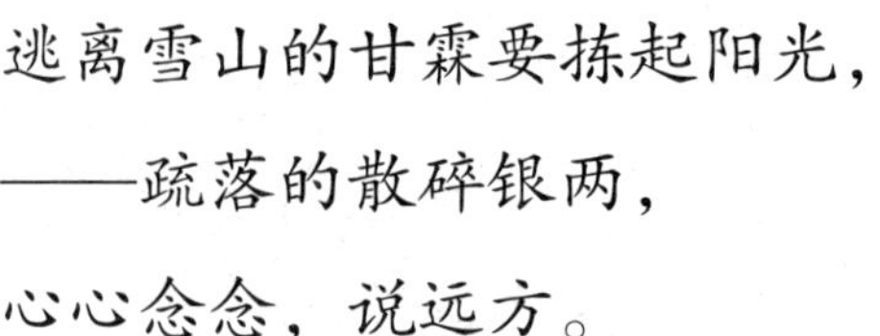

逃离雪山的甘霖要拣起阳光，
——疏落的散碎银两，
心心念念，说远方。

我在天堂的隔断，
“坐看云起时”。
今夜不见月光。
云朵凌乱的蹄声，
在青藏的天空，
悠闲地，
晃。

2018 年 4 月 17 日

——悼红柯君

一枚落单的春风不小心掉在草地上
那里花朵惊坐
绿焰生猛

其实你只想歇口气
就像当年
《西去的骑手》偕《美丽奴羊》上天山
大漠孤烟如豹子样升腾
而后，如同被打断了思绪
突然就熄灭了真身

你曾对我说——
“故乡让人百感交集”[①]
但你可知道
戊戌正月初九这一天

关内关外有多少良心为你疼痛？

如今
“红柯”早已植根于西域大漠、黄土地
长成绚丽多彩的《生命树》
无论如何
故乡终将厚殓你的情怀与遭遇

当你再次睁开眼睛时
你会发现天国和人间一样
也是春寒料峭
那里有《太阳深处的火焰》
还有《太阳发芽》后
开满故事的小黄花
花朵之间
是你的笑容若隐若现

而我，至今仍在苦行
继续用《两种目光寻求故乡》，以及
真相

2018年2月24日

注：

① 红柯曾于2015年12月赠我长篇小说《少女萨吾尔登》，题写“故乡让人百感交集，从中可以看出我的遭遇”。

② 诗题借用周杰伦《晴天》歌词，诗中带书名号者均为红柯部分作品名。

一本书，就这样熄灭了我的一天

——读红柯《龙脉》

清晨从东湖归来，
顺手捉住一本新书，
——是红柯的散文随笔自选集，
横亘天才之境的《龙脉》。

凤鸣于岐而翔于西域。
沿着丝绸铺衍的阳关大道，
带上童话里的燕子和神话里的葫芦，
一路向西，再向西，
这是你的浴火重生之地。
你在用心解读“沙之书风之书大地之书”[①]，
就像“儿子娃娃”胯下的骏马，
用血性抒写大地之歌。

精绝的草原，
楼兰的牧场，

还有巴图鲁的阿尔泰，
高僧一样静修的哈纳斯和可可托海。
马蹄嗒嗒驰骋的地方，
万千生命为之动容，
“万顷波涛偃仆如草”②。
一棵树，
一棵生命树，
一棵葱茏高大的生命树，
屹立于天赋神境，
“触摸到大地最坚硬的骨头”③。
于是，
大地震颤，
生命绝美。

一条浑沌的历史长河，
在你的目光里至清至真；
一条精气呼啸的生命大河，
在佛的眼眸里涌动宇宙大道。

2018 年 4 月 26 日

注：

①②③ 均为红柯《龙脉》书中语。

惊叹号

——丁酉孟冬与同窗雍城相聚有感

一杯浊酒能够嘹亮多少梦痕?
三十七年的漂泊疏离
宛转成故乡亦庄亦谐的秋影
许多事注定是匆促的重复
许多人注定要成为摇摇晃晃的回忆
“吹竽已滥，汲绠不修”①
背井离乡的日子真不好过

这么多年
早已习惯了老时光的荒莽与淘洗
即使高擎梦痕也只有一道道
可有可无的红尘
当我们相聚于梦想启航的地方
勾勒紧要成为一些生死沦漪
放下一点洞悟

竟成了一声声

泠鸢似的

惊叹号

2017 年 11 月 14 日

注：

① 语出马端临《〈文献通考〉序》。“汲绠不修”为化用《庄子·至乐》“绠短者不可以汲深”。

山水的气场在梦里流淌
虫鸟的秘语在花蕊上作痒
如果可以
我愿把这尘世许许多多的美好和疼痛
都豢养在血脉和经络里
上帝在云端说——
“你们要努力进窄门”①

让三叶草留住悟空的雨露
让雨露留住太阳的光芒
让古旧的屋檐留住新雅的燕语
让燕语长出比月光还要轻的翅膀
即便寒夜一次次降临
神的指尖上依然光明流转
于是，“黄金在天空舞蹈”②
不甘寂寞的灵魂面有喜色

不由自主地

歌唱

2017 年 8 月 15 日

注：

①《圣经·新约路加福音》第 13 章 24 节：“你们要努力进窄门。我告诉你们：将来有许多人想要进去，却是不能。”

② 俄罗斯白银时代诗人曼杰什坦姆。

访秦穆公墓

小城的胸腔上
长着一个突兀的"冢疙瘩"[1]
荒草擎着萋萋"黄鸟"
为纠纠老秦的誓言[2]招魂
翕伏两千六百年的气度
像缩印于秦腔的一个问号

一口老迈成事情的铜钟
再聚首的甲骨文
将蒙尘的辉煌和斑驳的警报，倒挂
于历史的回廊

还好
可以借一节指骨轻言叩问
——不便用修辞的头颅冒险相撞
只怕惊扰了十二国避乱的黎民[3]

以及一百七十七名贤良
殉葬的魂灵④

2018年6月7日

注：

① 关中俗称帝王将相的陵墓为“冢疙瘩”。

②《＜尚书＞序》：“秦穆公伐郑，晋襄公帅师败诸崤，还归，作《秦誓》。”为秦穆公兵败悔过，励志之言。

③ 史载秦穆公在位39年，灭国十二，开疆千里，独霸西戎。

④《史记·秦本纪》载，秦穆公死后，近臣“陪死者百七十七人”，“三良”亦在从死之列，“秦人哀之，为作歌黄鸟之诗”。

梦见葫芦娃

梦见一个葫芦娃
梦见葫芦娃手持鱼叉怒目于大河之滨
左肩是他枯竹一样摇晃的老娘
右肩一只笑眯眯的猛禽
身后是摇旗呐喊的高粱和蛐蛐
一只纹身穷奇赤身裸体在河畔招摇
一个白衣仙子给它套上一件布拉吉
庄稼不许穷奇撒尿说它患有尿毒症

好大一片水域
夕阳正搅动绿色的雾气
大路小路断头路还有慌不择路
穷奇捂住伤口在暮光里裸奔
它的头顶上
兀鹰驮着葫芦娃
一直在追

2018 年 4 月 25 日

等待一树花开

我喜欢就这么静静地站着
在夏的夕阳下
就像在失火的天堂
站成一段幽冥的悬想
眼前是被我盯了好久终于有些惶惑的红柳
它一定很纠结
怎样才能像天上的花儿一样

开，或者不开
是星夜开还是晨夕开
是半心半意地开
还是在所不惜地开
如果迟迟不开
我的心智会不会将它硬生生剥开？

其实也没有什么

你完全可以把我看作
一个总要路过的影子
我多想“如如不动，了了分明”
影子却被夕阳慢慢打开
没有风，花在动
花的影子不动
是花的心气在动
是西天的云彩动了花的心气
花的心气也就动了西天的云彩

一直等到夕阳不再出彩不再喝彩
花总是未开
当然，即便是开了
也等于未开
也许这高原的花儿
早已习惯了自怜自爱

我刚想到这里
“唰”的一声
夕阳拿走了我的影子
我已置身事外

2017 年 4 月 20 日

秋风落叶辞

就是这里吧
在一襟晚照里安静地坐下来
宛在亭上风声迭代
三两声稀薄的鸟鸣空空荡荡

失重的红叶险象环生
像一个个虚伪身见
拎着暮秋一声声带血的咳嗽

岸柳和海棠以倒叙的方式
波光粼粼放浪意绪
湖面的落叶追逐着落叶
山一程，水一程
在暮色苍茫中修行

来了两只野鸽子

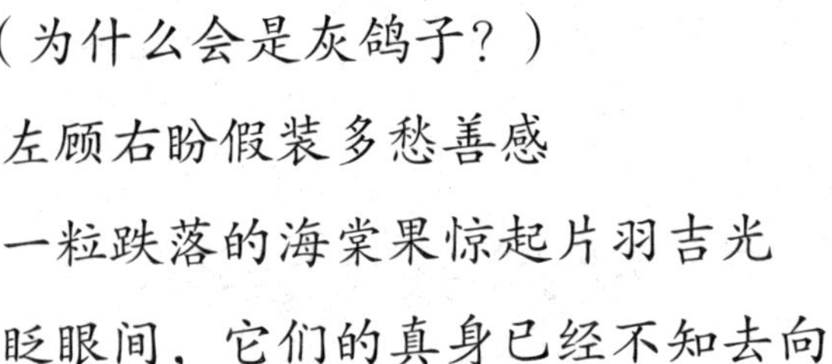

（为什么会是灰鸽子？）

左顾右盼假装多愁善感

一粒跌落的海棠果惊起片羽吉光

眨眼间，它们的真身已经不知去向

2018 年 11 月 1 日

写在戊戌重阳的短章

（一）

九月有霜
九月有重阳
天上人间，古老的传说漫卷昏晦
何来青衣花旦
爱上庄蝶和陶令
扮作菊花茱萸

（二）

秋风，混迹于人间的响马
一再劫掠草木的记忆
一个坟丘
就是一枚闲章
一片落叶
就是一名，失联的人

（三）

又是九月九

黄土辞青、螃蟹醉酒、纸灰成鸢

坟头上的芦苇举着一只黄鸟

替我登高

我背着风声点燃两支香烟

陪去世九年的父亲——

说一会儿话

2018 年 10 月 17 日

每一片落叶的体内都有一条河流

需要张罗多少条河流
才能化生天堂的彼岸花?
就像一个苦行者，耗尽了毕生心血
一片又一片的落叶
在秋风里飘摇
菩提的手掌上
潜伏辫状的忘川

由此岸到彼岸有多远?
花开和叶落之间
摩诃衍那，或者
摩诃衍……

走在空蒙中

你牵着马瘦毛长，走在空蒙中
天，很快就要黑下来了
你看见落日的影子正翩动
巨幅的黑色翅翼
一只无形的手，划亮
随身携带的最后一根火柴
一只鹧鸪鸟点燃了一棵悬铃木
你已记不清经过了多少村庄多少河流
每一条河流都滚动着
绿色的岩浆和青铜的火苗
每一个村庄都端坐着
几个反复练习微笑的小女孩
你一次次停下马儿
试图向她们打听回家的路

天真的要黑了

你的马儿要吃草了
陈旧的钢筋混凝土张牙舞爪
各种各样的器皿瞪着兽的眼睛
一群骑着四不像的白衣仙子
在一条蓝色的冰河上飞驰
一个雷霆、两个雷霆…
击毙一道又一道闪电
一只羔羊、两只羔羊、三只羔羊…
面对上帝挥舞的鞭影抱着小拳头
一次又一次，行跪拜礼

几乎是同时
一只促织和两个雨点落到我的脸上
在这个清爽的傍晚
怎么就做了一个浑浊的梦

2018 年 8 月 15 日

莲

我在晨光里坐观湖上莲
一湖尽是碧玉盘
手舞足蹈的赤子一样嬉于湖面
一些刚刚有点形象的翠叶
像苏东坡留下的不系舟
在光阴的碧浪上留连
一个个莲叶的手掌心
盈握玉润和珠圆
把玩

这晶莹剔透的露珠
修持童子功的小沙弥
在苍山翠峰上兀自打坐
或者，似低眉顺目的比丘尼
一遍遍念诵《妙法莲华经》
推开弹奏韶乐的波痕

潜于叶屏之后的鱼儿显然情不自禁
一个鲤鱼打挺跳出不二法门
一些过于圆熟的露珠
连续几个漂亮的后空翻
怂恿一样舍身江湖
一阵轻风拂过
满池的荷叶屏住呼吸
只待莲花朵朵开

2018 年 6 月 15 日

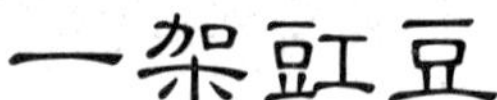

翠衣，秀发，蜂腰
很青春的那种
诺言一样
在柯枝的秋思上缠绕
雨后，我多看了它几眼
就害羞的样子
捂着小眼睛“噗噗”地笑
我闭目养神时
会听见它“咚咚”的心跳

也许我就是它的野趣
它是我种在梦田的，家的
符号

2018 年 9 月 6 日

远　方

迤逦的月光弥平记忆的山岗
时空丢失了马群
年少时轻狂的背囊
装满彼大荒的一地滥觞

谁的远方
何以远方
没有一个月夕风晨
能够留住这赫赫天罡
当精疲力竭的山峦匍匐了身躯
原来所谓的远方 就是淹留岁月的原乡
是你年少时曾经厌离的地方
也是如今
只能在梦里亲近的故乡

2017 年 2 月 21 日

老王卖瓜

去东湖口买瓜，
听老王说，
瓜瓤分丹红、霜红和粉红。
丹红脆生生地，
刚摘的，有泥土香，最好吃

我说我喜欢霜红，
湿汪汪、油漉漉的，
用咱西府话讲，灿火很！
我说这话时，
眼前就掠过一抹真红——
记忆中西海魅惑的火烧云。

老王用“醋溜”普通话说：
我说的不是丹凤朝阳的丹！
是单刀赴会的单。

也不是霜天晓角的霜！
是福慧双修的双。
他说着话，
咔嚓就是一刀，
一只西瓜豁然开朗。
“看！单红”！

这是诗呀！
这个老王，比我厉害！
不，灿火很！

2018 年 5 月 31 日

流　毒

庭院的木槿花起虫子了
我决定毒杀了这些腻歪的虫豸
我见不得花容失色

我用的是一种笑里藏刀的毒药
弥散的异香使这些小生灵有些死亡前的亢奋
我的视觉也有些亢奋
一不小心
打碎了药瓶

于是，整个黄昏
我都在亮旺旺的药水旁警戒
——先是担心常来觅食的野鸽子
想用一瓢天水冲散这流毒的蛊术
忽然看见一群跋涉的蚂蚁

我是多么无能
只能眼睁睁地看着——
这些颇为活泛的小生灵
前赴后继饮鸩自杀

2018 年 5 月 4 日

雨

开始的时候
是一滴一滴的游魂落魄
无声无息楔入草木的一生

雨滴多了
风就作势
哗哗地弯作硬弓
总想逼退
石头借来的呼吸

它们是喜欢尖叫的
历朝历代的刀笔

2017 年 10 月 9 日

只有一个人

有些人
是从善本古朴的记忆中
抠出来的

还有一些人
是从长安城的胡姬酒肆里
拽出来的

只有一个人
是从终南山的意趣中
游出来的

2018 年 5 月 1 日

一只小蜜蜂

一定是花神发出了口谕
书案上的风信子突然就炸开了
炸开的还有它丝丝入微的芳香
花香高耸
书斋宁静
是只有花香摩挲书香的那种静

忽有嘤嘤嗡嗡之声
不绝于耳
我冥想是风信子摇头晃脑的
读书声

那是一只蜜蜂
一只异常精致的小蜜蜂
它显然有些慌乱
在书香花香间翻天覆地

小嘴唇固执地一遍遍亲吻风信子
性感的花序

它是谁?
它来自何方?
在这乍暖还寒的初春
它会不会
因为一次浪得虚名的探险之旅
而透支体内正在生长的秘象?

我想，我就是这方天地的王者
我决定敕令风信子再发善念
尽快供奉一些花序
让这春心萌动的小家伙带个口信
给春天作嫁妆

2018 年 2 月 23 日

一棵风信子

一棵风信子跌倒了
毫无征兆地跌倒在一株墨兰面前
这是午后发生在我书案上的
一场不大不小的事故
事故的后果是，她竟然跌断了
唯一的花葶

我不清楚该称她粉皇后，还是德比夫人
如果是粉皇后
可以初步认定
罪魁祸首是昨夜宫闱哗变的
花冠
如果是德比夫人
便可看作是一场繁花乱坠的
桃花劫

一棵风信子跌倒了
她的花香并没有跌倒
一棵风信子跌断了
她的香魂并没有跌断
她无视墨兰的存在
执意递给我一些不甚紧致的芳香

天涯断肠时
花香已盈陌

2018 年 2 月 10 日

又是一个冬天

一想到又是一个冬天
雪线便如同一个人高海拔的心志
了无分量地掉了下来
就像当年曹孟德舍去三点弱水——
撞石落花的“衮雪”①

这没有什么
在高原
纵使五黄六月天
你也会看见鹅毛大雪洋洋洒洒
尽管在坐禅的雪山看来
就跟野狐禅一样
而一些不愿开示的雪
至今高冷于东山顶上
像佛国的优昙婆逻②
已经修持了两千九百九十年

青藏的阳光
能够焦枯了石头
煮不开昆仑山上——
“一炉雪”

2018 年 11 月 7 日立冬

注：

① 衮雪，即滚雪，曹操存世唯一书法真迹，刻于汉中褒谷口一巨石之上。

② 优昙婆逻，传为仙界极品之花，《法华文句》四上：“优昙花者，此言灵瑞，三千年一现，现则金轮王出”。

2018年的第一场雪

第一场雪下在昨夜下在青海
这就对了
那是我念兹在兹的雪域高原
那里的天空要灵性一些
那里的旷野要分明一些

雪在空间一页页地下
我扮作“灯下寡人”
在一本旧书的荒芜里寻思“坚白”
想到莲花生，想起玉昆岗
幻听书案上热爱生活的风信子
动用火印和白术
开出梵高和星空的色彩

下在青海的雪
并不是雪的花，它是水的魂、雪的沙

那里的雪，在卜知落魄的瞬间
便寒烟一样虚静了刀刃，成为
江湖嵯峨的坚
雪山拼命的白

2018 年 11 月 4 日

第四篇　沧浪桥上

沧浪桥上

清风盈盈来
花儿你就慢慢开

云朵裹紧雷电
轰隆隆地驰骋
柯枝隐于水底
兀自抚琴

沧浪之水横生一脸坏笑
反复折叠时空
一对老鸳鸯
闲滞宛在亭

2018 年 5 月 26 日

五月日记

现在
我与身旁的湖水一样
感到了一种偏离真相的眩晕
嘈嘈切切的鸟儿
来了又去了
琵琶骨的云烟变作鸟兽
紧紧抓住头顶的霄汉
在我的眼眸里
花腔一样，一收一展
湖面的波光显然有些错乱
它已经载不动
鸟兽随意扔下的一串串翅影
百花盛开的声音奔来眼底
浓情抱着蜜意
化也化不开

只有一只雨燕
去了又来了
它一遍遍贴近湖面
不厌其烦地打捞
遗失的心影

2018 年 5 月 23 日

官打捉贼[①]

小时候我们都爱当“官”
黄口小雀也能发号施令
或者故作矜持脸重如铁
陶陶然我就是法术
我就是正义
多威风呀!

翻动几张荒唐的纸牌，等于
打开了一段薄怯的宿命
沦为“贼”只有自认倒霉
拿到“官”就神气活现
无论“家贼”“民贼”还是“小蟊贼”
都可以摁在老虎凳上
说打几下就几下
或者临时起意再打几下
就是这么任性

真爽呀！
可以用板子用藤条用麻绳
如果实在没有称手的工具
也可顺手折一段老树枝
“捉”和“打”就是王朝与马汉
身后的高粱和辣椒细中有粗地喊
野花小草偃伏于“威武”的裤脚下
上一回还是“官”
一转眼便成了“贼”
即使做过不少的“贼”
下一回照样能当“官”

多有趣啊！

2017 年 5 月 23 日

注：

① 官打捉贼，为源于宝鸡民间的一种童趣游戏。

瞬间

（一）

昨夜下了一场雨
花园里的豆角乘机疯了
发梢直立
被左撇子的藤蔓拽上了葡萄架

（二）

城管来了，没有下车
高音喇叭硬头骨爪地
驱逐进城的菜蔬和秧苗
手忙的老婆掉了花帕帕[1]
脚乱的老汉丢了旱烟袋

（三）

一个中年汉子
把自己设计为纠纠老秦

用斗志昂扬的弹弓

来回击杀六国纷起的鸟儿

他的身后

一个拖鼻涕的儿子娃娃

提着一只垂头丧气的老麻雀

2018 年 5 月 23 日

注：

① 西府称老妇人为“老婆”，习惯头顶戴一帕帕（手绢）。

小满

小满不满，芒种开镰。

——农谚

北方的五月
绿色的精气无限流宕
火焰独白的影子
纹面刺青
在黄土地上直立游走

一阵沉雄的雷霆之后
饿汉爆炒豆子一样的雨点
干净利索
击落弥散的时间

大地摇曳性灵的意识
在麦子温婉的宫腔里
淋漓出一个小满

2018 年 5 月 21 日

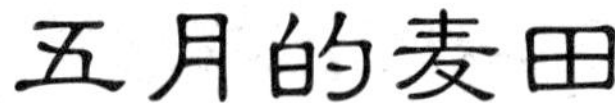

五月的麦田

五月的麦田
人见人爱，风过风摆

晚霞推送拊不留手的情色
坐想行思的薤露不昧因果

麦穗无知
不苦不乐，不轻不重
但逸响而丰致

潜伏的黑夜急欲带走真相
不想生还的麦芒万箭齐发
路过的每一寸光阴
都成了怀抱戒疤的
伪抒情

2018 年 5 月 11 日

在灵山

我来时
这里刚刚有过一场洗礼
灵山上空的云朵还不想止息
用过兴奋剂的宣传标语，像一抹
患上偏头痛的火符
在善男信女的眼眸里号叫
净慧寺念无念念
轻风正要送走梵唱

那时候
金身大佛披一身好看的霞光
他的目光里依次端坐着——
上香的母亲
开花的路线
手执善念的经卷
还有持戒禅定的，羔羊一般的苍山

佛不动

母亲不动

禅寺上空的云在动

2018 年 5 月 6 日

落　叶

霜降以后
高大的玉兰树拂之而色变
像一个被迫断舍离的游子
任不着调的秋风删繁就简

如果风声婉悦
它就是将要远去的大雁
每一片对天惆怅的黄叶
都是一封，千回百转的家书

如果风声狞厉
像四蹄生火的良驹，奔突
于边关大漠
每一片飞扬跋扈的落叶
都会归纳一个扁平的江湖

2018 年 11 月 2 日

湖畔，那个打坐的老者

一瀑银发沁于霞光里
佛尘一样打扫雾气
他的背影清奇如鹤骨
他的肉身沉着像塔松
他每天清晨都在坐毯上护念
他的身旁总是趴着一只——
身着战袍的小走狗
哮天犬般警戒着老者的身后

湖畔打坐的老者今秋没有来
也许是所罗门王的飞毯带上他
去了神灵的所在
湖畔打坐的老者今年没有来
莲蓬拽着莲叶，全部别过脸去
我在湖畔默默伫立
我在搜寻一个故人的面容和骨形

我有些失意，也有点——

惭愧

2018 年 9 月 30 日

宛在亭

走过断桥
就是怅望千年的宛在亭了
蒹葭的心象
困顿于尘世的一个念想
抱柱[①]镌刻的目光

玄鸟，碧荷，背包客
豆蔻，薤露，左公柳[②]
一阵轻风扶起水面花骨的真身
一段老树藤托举“所谓伊人”的幻影

2018年7月7日

注：

① 抱柱，谓抱柱之信。语出《庄子·盗跖》：“尾生与女子期于梁下，女子不来，水至不去，抱梁柱而死。”

② 凤翔东湖有一古柳，传为晚清中兴名臣左宗棠收复新疆后途经凤翔时亲手所植。

芒　种

杜鹃鸟金黄的叫声
被麦子的青铜锻打为镰刀的姿势

阳光潜入葡萄的精舍
一心一意生殖甜蜜

爬山虎拣起果子半生不熟的汗水
与啸聚于疮疤的蚍蜉蚂一同尝鲜

芒种就像一个挂满铃铛的响马
从去年绑架来一个仲夏

2018 年 6 月 6 日

蝴　蝶

不可急躁
还可以再轻一点，再慢一点
不唯穿破密码的小黄花
即便荒冢上一株弹泪的草
也可能生起次第[①]和大千
东风不来也不去
影子种在因果里
该拐弯时，就把一身虎皮大斑斓
拐成一方浅浅的响水湾

不可多梦
香水海[②]涌动的潮汐
也许就藏在你不经意的呼吸间
把好梦还给泥土
阳光下打开低八度的风琴

让紧了又紧的石头
生长或者绚烂

2018年6月5日

注：

① 指修持佛法的次第说。

② 佛教传说，世界有九山八海，中为须弥山。除第八海为碱水外，其他均为八功德水，有清香之德，故称香水海。

昨日虚空

天空被贪嗔挤压成一粒扁豆
在时间灰头土脸的铁锅里熬煎

树叶前世与鸟鸣一起攒下的蓝
正密谋逃往高原
那里的蓝是以后不知该怎么蓝的蓝

乌鸦要改行做大夫，它的病
一直在巫婆偏执的眼神里呻唤

命理背后的谎言私募兵戈
在河流深处为族类刈草

杜鹃鸟的啼声像闲汉的弹弓
将一个个雨燕发往虚幻

2018 年 6 月 4 日

譬如朝露

就像黑夜喂饱的白腰雪雀
它的整饬它的圆滑让云雾惊悚让我嗟叹
每一次轻微的气流经过
它都会轻灵地闪开
小心翼翼整理好羽毛
它在等待禅机出现?
一轮红日将要升起

有一阵，我把它强行看作
时光隧道里逃脱的小妖精
绝了尘缘的小妖精
每一个眼神都是妩媚的眼神
每一次妩媚，都能
叫醒一片迷惘的野草
它在等待禅机出现
一轮红日跃出地平线

有一种美妙

总在不经意间错过

有一种神秘

你不能随风说出口

2018年6月2日

清风徐徐来

风从南山来
从王摩诘的心境来
它披着云雀百灵的新唱法
在湖畔徜徉
它要鼓动此起彼伏的丽水和碧波
与访问亚马逊的中华虎凤蝶
对舞

风从北冥来
从安徒生的童话里来
它怀揣小雪人不死的梦魂
在一树槐荫里安静地坐下来
它要与我一起
听灵山朝谒归来的老蚂蚁
讲经

清风徐徐来

炬火的影子躲起来

2018 年 5 月 27 日

折腰的紫荆树

花园种了一棵紫荆树，迫于头顶旁逸斜出的大树，成了一棵惯于折腰的小树。

——题记

离天少说也有三尺三吧
为什么要早早地低下头去?
是舍不得那传说中的五斗米
还是要动用这慎脩的小骨头
弯一张不合时宜的鹊血弓[①]?
也许那片天空
从来不曾属于你
它的大名叫迥邈
小名却吊诡

如果今夜
流浪的云儿哼着安魂曲

取你头顶的绿叶
写出恍若隔世的贝叶经
在这闹嚷嚷乱纷纷的人间
人心依然东扭西歪

“华发长折腰，将贻陶公诮”②
我要你试着抬起头来
不再折腰而趋
如同老朽——
与病痛对峙多年后，奇迹一般
又在取直的腰杆

2018 年 5 月 15 日

注：

① 鹊血弓，为古时的良弓。

② 见李白《经乱后将避地剡中留赠崔宣城》。

凤翔东湖

出门、左转，方行两百余步
有细柳盈岸，波痕明瑟
悬山抱厦投湖却不自尽
闲云衔重檐而去
扑面而来的每一声鸟鸣
都是先人灵醒的头颅在言喘
鸣啭澄碧的每一片红叶
都是唐诗宋词在隔空对话——
啊给（你）说
给——说

凌虚台上烟波浩杳
遥见快意终南绿发翁
“披云卧松雪”，“青牛真气来”
而俯瞰绝幽处
所谓的静影沉璧

就是喜雨亭上

苏东坡携淳儒大德对饮

将他敏感的天性与豁朗的胸襟

连同摇摇晃晃的背影

都遗于饮风池的沧浪之水

一个上佳的寂灭道场

2017 年 10 月 22 日

表夏

这无处不在的狂热
是知了喋喋不休的“知了”
它的“知了”，应该比幽微的蝉翼要薄
有时，却比一些人的脸皮要厚
没完没了，没完没了
纺织娘呢，貌似理性一些
也是一言不合就想取消蝉的单调
古人讲，与夏虫不可以言于冰
我想起昆仑虚的六月雪

夏夜追凉
我把自己陈设于葡萄架下
等风来
等花间的影像彰显法身
促织（在西府读作“sù zhī”）
这低于尘埃的隐逸之士

生活的极简主义者
吟诗作赋是它唯一的嗜好
啾啾之声正捻动一粒粒禅意

世事轻如暮光
正从我的头顶缓缓飘过
明天会否继续今天的狂热
我虽是秦人
也一样忧天

2017 年 8 月 23 日

秋　雨

在雍州立秋之后的雨
是柔柔缠缠的雨
是阴阳怪气的雨
锐利与酥润
明澈与幽冥

溽热的夏天已经过去
骨感的雷声还在为谁鸣不平
我听见雨滴跌落尘埃时簌簌的痛
促织自闭于一隅
看雨点如何针炙花千骨
雨水浣洗叶绿素
神性的天空杳渺一片

2017 年 8 月 22 日 午后 凤翔大雨

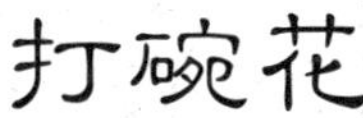

在你所有诗意的、轻贱的称呼中
比如小旋花、葍葍苗、燕覆子
还有面根藤、狗儿蔓
我只记着你的学名
——打碗花

说不上有多美
只是一些淡紫、杏黄和水红的小念想
缘着篱笆墙、青禾苗的高度痴痴地长
更多的时候
你习惯于匍匐于草地
像训练有素的仪仗
眉清目秀的打碗花
有着烟火气息的打碗花
小骨头举着哇哩哇啦的小喇叭
从我童年的小土坡上

一路开下来

接我回故乡

2017 年 7 月 9 日

在半夏的早晨

我现在真的有些奢侈了
比如在这个半夏的清晨
我会花费六十多分钟
去五里以外的横水镇
吃一碗渴仰已久的汤豆花

一个人走在朝霞曳引的乡间小路上
见喜鹊登枝
闻燕语低回
一只打碗花颤巍巍举动两只蝴蝶
我把自己顺便想象成，路旁
一瓣会唱歌的豆荚

为什么喜鹊总在响晴薄日时登场
它们在枝头有些着急的向背救应
又想暗示些什么？

打碗花举轻若重
两只蝴蝶的爱
有着刮骨疗毒的痛

就让这曲直毁誉的燕子
跟随我，陪伴我
旧时的屋檐下
高卧听雨
等闲消息

2017 年 7 月 18 日于南光耀村

在下雨

如同一个静观自得的文士
——比如风雨聊斋蒲松龄
“情往似赠，兴来如答”①
深情的倾诉
暮秋的感动

如果书案上的菊隐
一回“紫龙卧雪”一次“轻见千鸟”
急于见证，故乡
秋水的婉约和率真

也许又一个黎明
委身泥土的麦籽就会如你，笔下
志异跌宕的“成子”②
抱起雨露的骸骨

伸展风声锐利的触须
探个究竟

2018 年 10 月 13 日

注：

① 语出刘勰《文心雕龙·物色篇》。

② 见《聊斋志异·促织》。

窗外的雨声

我所钟爱的一些事物
比如初夏的这个早晨
窗外雨打梧桐的声音
挣脱浮云的乐章和念珠
天水的说唱或者和鸣

这个时候
湖畔出神入化的草木是幸福的
躲在屋檐下兀自发呆的雀儿是幸福的
蘸着雨的声息一粒一粒搬运汉字的我
——也算是幸福的

烈日躲在幕后
只能远距离与水对峙
雨露清洗万物——
苍黄的面相和蒙尘的心相

人世间过于拥挤的热闹

被一点一点钉死在黄土里

2018 年 6 月 8 日

昆仑山的石头

青海一个女汉子游完虎丘
慨叹说：
还不如昆仑山的一块石头牙牙
我说，你代表俺们青海送他们一块吧
像毛泽东诗写的一样
“不要这高，不要这多雪……
把汝裁为三截……”

我也想念昆仑山啊！
想念山上坐看白云的石头
想念山下追逐河流的石头
我的庭院还没有一块像样的石头
千里之外
我的老胳膊老腿不争气
只能运动一些乖巧的石头
一些石头庇护下的石头

一些包藏石头的石头
一些肤如凝脂心不可测的石头
还有雌了石头的石头
当然，
都是小小的石头

如果今夜
我的梦借得太公望软硬兼施的拂尘
只那么轻轻地一挥
明早醒来
石榴树下便有了一块——
神似昆仑山的天意之石
收留有格桑花的玄思
镌刻着苍狼和野牦牛的低吼
那样的话
我遥远的耳朵
将会同时收听到两种声音
一种是高原上空
群星亮晶晶湿淋淋的呼吸
一种是昆仑山下
荒原沉雄而神性的叹息

而那块石头

那块云朵一样飞来的石头

就让它斜倚夕阳

听一听

这棵玉兰招惹的风声

沙啦啦

哗——哗

2018 年 5 月 3 日

那朵花儿

那朵花儿一看就是红死的
痉挛的表情
松懈得险要倾覆的骨骼
像捭阖于冬春之间
一个栩栩如生的谎言
它假装没死

起风了
花儿翅膀生硬
打开时光的浪涡
内视荒无人烟

来年，一枚坚果咽下一声低吼
春风不解欢寡愁殷
路过的少男少女说——
幸福，像花儿一样？

2019年2月9日改旧稿

春 雪

是暮冬与早春的美好遇见
是洁净而广阔的仪仗
冬去春来时
终于等到一场有模有样的豪雪

下在春天的雪，依然是雪
它只想于空白中柔软了六根傲骨
趁着夜色尚好，张开鲜凉的触觉
厮磨于春的发梢上

2019 年 2 月 10 日

走过雍辉路

这是雍州城
一条状若柳绦的小路
在它的两侧
缀满了杂七杂八南腔北调的店铺
一些老房子像固执的柳芽
不凋不败，在时光的夹缝里步步为营

那里次第着雍州城供奉千年的神神
那里有孔仲尼、文曲星和赵公明
以及救苦救难的观世音
他们在“土地爷”的带领下走下神坛
像留守村庄，倚墙晒暖暖的羸弱老人

但见善男信女在土地庙、财神殿顶礼膜拜
我扮作一名陋儒
在路人的注视下走进孔子的“殿堂”

我想问一问孔圣人——
当年为何“西行不入秦”？
点亮流萤磷火般的小小油盏
却惊起孔老夫子胸前——
几只避冷就火的豸虫

2018 年 11 月 23 日

你的幻象

一听说冬天了
湖面便念珠般油滑起来

水分子挤拼一团
成了阴鸷的寒铁

朝阳在湖底拖泥带水
云朵在小雪的砧板上
趁热打铁

柯枝像奇装异服的“火手判官”
手持一把把鎏金凝碧剑
现身江湖

2018 年 11 月 24 日

玉树，那条诵经的河

谁说石头不会开口说话？
你看，那些广种善因的玛尼石
在清寒的时光里舌灿莲花
谁说流水不会诵经？
你听，那条小河经过的地方
日日夜夜跌宕着经咒梵唱

沿着逼仄的山道
我们与幽真的河流一起，思考
什么是，千年不朽？
是悬崖峭壁上
结跏趺坐的大像菩萨？
还是镌刻顽石的符咒瑞兽？
谁是谁的前世
谁是谁的今生？
文成公主歇脚的地方

为什么会有这么一个勒巴沟？

这是一条兰心慧照的河流
所有的浪花波痕
甘愿成为一名匆匆而过的香客灯师
在佛光里翩若惊鸿
随处可见的六字真言
不分大小无论先后
都在加持着燃烧性灵的石头
通天河畔
山也玛尼，水也玛尼
如果有意
所有的石头都是心存善念的石头
所有的水流都是会做功德的水流

2018 年 11 月 25 日

独　白

——答友人

我写诗
其实就是闭门造句
我写诗
其实是为了让诗写我
“诗缘情”也好，“诗言志”也罢
无外乎人化的自然，情绪的色揣
世象万物原本有灵也有情
你的造句再多再好
也形塑不了它们真实的情貌
诗，让我的灵魂栖身于素净的白纸——
这锋利而虚静的刀刃
我把“铁门限”的诗句，还给
诗情画意或者伤痕累累

我相信——

热情与冷静
绕枝鹊影和云间鹤唳
都是“诗的粮食，诗的薪火”①
我相信——
诗，是缪斯女神给诗人的耳语
诗，是久违的一声春雷
如“高山放石，一去不回”②

你看我的书案上，今晨新折的腊梅
满是起心动念、“兴象风神”③的蓓蕾
你不妨静静地听一听
这金黄色的恻隐
悬而未决的闷雷

2018 年 11 月 26 日

注：

① 英国诗人拜伦语。

② 见（唐）白居易《金针诗格》。

③（明）胡应麟《诗薮·外编》：“盖作诗大法，不过兴象风神，格律音调。”兴象，指情致、气象、比兴、寄托；风神，谓神韵、风致、意趣。

雀儿，或者吆喝

这个冬季准备无雪
寒梅楔进一壶老酒

总有一方晴好的骨肉
说书人
从神迹里走来
隐身瞳孔之后

倒不如听听老母亲
细数闭关已久的谷物
比如，三十年前的格尔木
沙滩落进大风的耳鼓
一只假装勇敢的雀儿，掠过
“知识分子楼”，拢紧寒凉
惊喜的小女一声声吆喝

2019 年 1 月 5 日

药　片

小寒次日
陪母亲回了一趟村子
本家的东俭爸[1]听到响动赶过来
——不久前他去宝鸡一康住院
是脑血栓，寒风里看着有点茶[2]
想起夏天他圪蹴在墙根老碗咥面的光景
我说你这病，药可不敢停
他说：啊吃着哩

我忽然心里一紧
想起了他过早离世的母亲
——我们都称她东俭婆
那一年也是年关
扫舍时发现窗台角一个小纸包
里面十一个不明不白的小药片
据说也瘼抹了一会，还是全吃了

东俭婆因此大病一场
住院回来闲谝当中，她淡淡地说：
啊想着是花钱买来的
扔了可惜了

注：

① 宝鸡农村称“叔”为“爸”。

② 读nie，第二声，西府方言，谓精神不振。

放歌高原，意接苍穹

——读同窗宋碧波诗集《雪菊花开》随想

青藏高原被誉为离天最近的地方，那里纯净犹如天堂，去往那里的道路被人们称为穿越世界屋脊的天路。

三十五年前的盛夏，大学同窗好友宋碧波，循着天路去了青藏高原的格尔木。有人说他是自愿支边，也有人说他是侠义远行。总之，在“西去列车的窗口”，在“西出阳关无故人”的地方，在“大漠孤烟直，长河落日圆”的宏阔背景下，他定格给我们一个远行游子的孤独背影。

依稀记得，三十五年前的碧波也是一个风华正茂的文青。这不难理解，上世纪八十年代，文学炙手可热，那时的作家，尤其是诗人，比时下的歌星、影星更令人追捧，但绝不是浅薄物质层面的喧嚣和虚荣，而是源自内心深处的崇敬和仰望。中文系的人大多都有文学狂想症和恋诗情结，加之同窗三礼兄的小说《山沟轶事》上了《作品与争鸣》，满年兄的诗作登上了《星星》诗刊，逗引得许多人跃跃欲试、舞文弄墨，仿佛不久班里就会蹦出几个“路遥”，涌现几个“顾城”来，自然碧波兄就归于准文人骚客的行列。正如他自己坦言：“还是在宝鸡师范学院读书的时候，我就有一个想入非非的诗人梦。”

没承想三十年后，班里还真横空出世了几个诗人和作家：边疆成了诗人，出了诗集；雒忱携他的长篇小说《百年炉火》成就了作家的名号，据说还有几部长篇小说草稿在肚子里直打滚，呱呱坠地也是迟早的事。

而令侪辈同窗刮目相看的还有宋碧波。当年他携带着别人的诗集远游壮行，今朝捧着自己的两部诗集《流云划过高原》和《雪菊花开》荣耀归来，说来，这真是一件神奇且令人振奋的快事。

而创造奇迹的地方，便是他视若第二故乡的格尔木——这个位于柴达木腹地、河流密集的地方。遥远的格尔木当年无意间接纳了一个漂泊孤独的游子，今朝却成就并奉献给我们一位优秀的诗人！

记忆里，毕业后三十五年间，我和碧波兄只有四次谋面。两次是在同学聚会上，短暂的相遇，匆匆地擦肩而过，没有机会说上几句话。另外两次是他来汉中——我蜗居的陕南小城，得以促膝长谈和把酒言欢。印象中，他愈发耿直豪爽，能喝酒，能神侃，大约受了高原的风沙浸染。当然，他居格尔木期间，喝高了酒，不谙时差，半夜打电话骚扰，惊醒我美梦周公，也是常有的事。没承想他醉酒后的信笔涂鸦和清醒后的沉静深思、睿智思虑，竟成就了一枚真性情的诗人。

其实看了碧波《我与〈流云划过高原〉》一文才知晓，他当年不只是一个文青，而是怀揣诗人梦想的一个执着的逐梦者。他对梦想的坚守，久远而坚定，可以视为跨世纪的梦想。他的诗人梦窖藏了三十多年，一度曾被生活的平淡琐碎所尘封或者割裂，就像许多人一样，青春的梦想最后都流失在时光的沙漠里。难能可贵的是，他饮冰三十年，总不凉热血，终归寻回了已逝的旧梦，而且使旧梦绽放得如此绚丽豪华。

可以看出，他于诗歌创作上，是很下了一番苦功夫的，做足了功课，从而后来能够驾轻就熟、受益无穷。他“曾经整本抄录了《唐璜》《德国诗选》《莎士比亚十四行诗》，甚至长篇小说《第二次握手》等。新月派、湖畔派、舒婷、北岛、顾城也抄了不少。有一次上街看到王维克译但丁《神曲》，没忍住掏光了兜里仅有的两块钱。也学着写诗，多在学校广播站播出，或发表在黑板报上。看《飞天》‘大学生诗苑’及《萌芽》、《星星》等刊发的诗，感觉自己应该也行的，于是省吃俭用买了稿纸邮票给文学刊物投稿，收获了一大摞退稿信。大学四年，也写了百十首所谓的现代诗，但变成铅字者，却寥寥无几”。经年的宵衣旰食、兀兀穷年的努力和坚持才修成了今天的正果！

我思忖，碧波兄的人生始于加法，一而二，二而三，

进而跃至乘法，大约与酒有关。酒是媒介，它诱惑一个茕茕孑立、形影相吊的人，将他的人生演绎为乘法，把一个深陷滚滚红尘中的平常之人，提炼升华成了一位诗人，追求精神的纯粹与心灵的洁净，发生了质的蜕变和飞跃。

说文赏诗，知人论世。然而，本人很少写诗，也不太懂诗，只是喜好囫囵吞枣地胡乱读诗，姑且就视之为门外读诗吧。

诗集《雪菊花开》让我再次惊叹。去年阅读他的第一本诗集《流云划过高原》时，就生发出“今夕何夕”的赞叹。碧波肚子里竟然如此有货，蕴藏了这么多的豪情、柔情、诗情，隐匿了如此俊美的文采。他于提前退休后的 2017 年年底，才快意出版了诗集《流云划过高原》，仅时隔一年又酝酿出了新诗集《雪菊花开》，可见戊戌狗年不仅旺财，于他更是旺诗。

我之读诗，喜好侧重于诗情雅意。所谓诗人大约都是情种，真性情成就好诗人，无论是“歌之咏之，足之蹈之”，还是“诗以咏志、传情”，抑或“不平则鸣”，贯穿其中的，始终少不了一个“情”字，无情便无诗，也成就不了好诗人。

一、放歌高原，意接苍穹，以深邃冷峻的思考叩诘生命不能承受之轻。

碧波的诗，思维纵横捭阖，景象宏阔壮观，意象丰

美多姿，意蕴深邃厚重，情感浓烈诚挚。这大约与他从小生活于西府凤翔，成长于胜地雍州有关。关中大地粗犷豪放的民俗风情，古老凤翔灿烂厚重的周秦文化，沉淀于他的血脉，刻印于他的胎记，存储于他的潜意识之中，给予他潜移默化的熏陶和滋养，赋予他气韵和文采，精神和气质。这里葬有春秋五霸之一的秦穆公，也传诵着萧史乘龙、弄玉吹箫的美丽传说和“凤鸣岐山”、“凤翔雍州”的吉祥瑞兆。苏东坡曾在这里为官，他诗、词、文、书法、绘画横绝古今，被誉为千年文人的偶像。苏东坡任凤翔府签书判官时，倡导官民疏浚扩池，引城西北凤凰泉水注入，种莲植柳，建亭筑桥，取名东湖，与杭州西湖号称“姊妹湖”。湖畔筑有喜雨亭，书有《喜雨亭记》。这里更有西府三绝“西凤酒、东湖柳、姑娘手”，其中尤以“姑娘手”最为著名，东出潼关，走向了全国和世界。其意是说凤翔姑娘手巧，剪纸、泥塑、草编、刺绣、布制品、面花、木版年画等民间工艺制作，精美绝伦，成就了凤翔“民间工艺美术之乡”的美誉。这些文化的因子经年熏陶与耳濡目染，奠定了碧波兄最初文化的情愫和文学底蕴，孵化了他的文学之梦。而这一切一旦与青藏高原的高天厚土、雪域险峰的空旷苍凉对接，就天然地找到了切入点和融合点，自然而然生发出异样的体验感悟、冥想思考，使他自由舒展地在天荒地老、空旷辽远的高原纵情放歌，神游八荒，意接苍穹，从而成就了他的诗作视野开阔、思维深刻、雄浑苍茫、宏阔豪放的独特艺术风格。他的诗作恢宏壮观，渗透浸润一种无言的孤独与锥心的悲悯，有一种自觉追寻生命向大漠深处掘进、向苍穹高处升腾的意象。而他塑造的独特意象，从来就是与生命的体验、感受与理解水乳交融，融为一体的。如他诗集的开篇之作《天边的红柳》，“你看到那些红柳了吗？/它空阔于天边/九死一生的一抹芳魂/坐拥一派玄黄/从不与远近的事物争辩/戈壁大漠粗砺的风/能够吹僵阳光吹死石头/吹不坏这寒铜一般，神龛上新鲜的灯盏”，以“玄黄”大漠为背景，绝世独立的红柳是了无生机的荒漠深处的生机和生命象征，但又绝非仅是红柳，我们分明看到一个倔强不屈、孤独执着、砥砺坚守的形象和生命，借助“红柳”的意象表达得淋漓尽致，这无疑是作者生命和灵魂的“立此存照”。而诗中的“玄黄”“寒铜”取自“天地玄黄”“晓入寒铜觉”的用典，自然贴切、不露痕迹地营造出天地原始的洪荒苍茫之感，奠定了整首诗宏阔大气、苍凉悲壮的感情基调，给人以独特新颖的印象。作者把柔然的红柳比作“神龛上新鲜的灯盏”，因色彩的相似而产生新鲜的联想；而把红柳与“阳光”、“石头”对比，反衬红柳的坚韧、坚贞与不屈不挠，仿佛是对常枞和老子“齿亡舌存”柔然胜于坚硬的机辩之理的诗化诠释。诗人创作的过程，就其本质而言，是对自然、社会、人生百态的解构到重新建构的过程，诗人用自己独特的审美眼光捕捉生活情景，通过提炼加工、新颖独特的意象建构，重构诗人心目中生活、人生、生命的意义，赋予它们以诗意的解读和诠释。

说到底，诗人写诗也许只有一个真正的读者和知己，那就是诗人自己，诗是自己心灵的关照，灵魂的洗礼。写诗是尘世生活中被从众和异化了的自己和本我、真我之间的对话交流、沟通和解，其间的矛盾冲突、痛苦纠结、苦闷彷徨、心有千千结，通过诗歌的表达得以释放，得以平复，得以和解统一。碧波在《独白》答友人诗中说道："我写诗 / 其实是为了让诗写我 / '诗缘情'也好，'诗言志'也罢 / 无外乎人化的自然，情绪的色揣 / 世象万物原本有灵也有情。"所以厨川白村说道"文学是苦闷的象征"。从这个意义上讲，古人说得好，"诗无达诂"，诗人本人之外的一切对诗歌的解读，本质上都是"隔靴搔痒"或"误读"，都是读者自己的感觉和心得而已。

碧波诗中渗透着一种孤独感，而这种孤独自他进入格尔木的途中就被强烈感受到并烙印在了内心，他如此叙述三十多年前乘着西去列车的那个孤独的夜晚："那一夜在哈尔盖下车溜达，闻草原阴风凄厉，见夜空寒星抖颤，站台上三三两两的旅客冻得瑟瑟，若有若无的叫卖烤鱼之声给人以不真实的感觉，一种难以言传的、巨大的孤独或迷茫包裹着你、噬咬着你，你感觉就像来到了另外一颗星球。多年后读到西川《在哈尔盖仰望星空》，

在惊异于诗人对茫茫宇宙和神秘力量独特而美妙体验的同时，联想到当年自己身处‘青藏高原一个蚕豆般大小的车站’时的经验，才理解了为什么会是‘青草向群星疯狂地生长，马群忘记了飞翔……’”

这种孤独感如影随形，深入骨髓，成就了他的诗作意蕴的深邃和辽阔；环境造就人，当然也造就诗人，造就了他独特的禀赋和天然气质。青藏高原湛蓝高远的天宇、连绵起伏的山脉、空阔无垠的荒漠、清澈无尘的清流海子，造就了一个净化了的神秘的圣境。诗人在与雪域高原、雪峰冰山、河流海子对话、对峙、对视中，体悟到自然的永恒与生命的须臾。“是她，使我了然人生本无常，取舍应有致。山河大地成住坏空，花开花谢并不由我。”是青藏高原空廓寂寥，使诗人感受领悟了生命的真谛。

如诗集第一篇“天边的红柳”，浸润着诗人身处青藏高原对人生、对生命的深邃参悟和叩问反思。《天边的红柳》《雪菊花开》《青海湖》《昆仑山口》《金光》《高原，辽阔或者隐喻》《高度》《千佛崖》《高原上空的鹰》《万丈盐桥》《白莲花》《西行路上》《可可西里也有海》《忆胡杨》等诗中，有宏阔无垠的无边大漠，有长风落日的辽远天幕，有高峻入云的冰雪山峰。诸如神秘无人区的可可西里荒漠，摩天的昆仑山、念青唐古拉山、巴颜喀拉山、冈底斯山，它们“都有佛的面容，神的威仪 /

它们的身旁总有祥云围绕 / 风雨的铁刀，冰雪的利刃划开四季 / 试图‘佛面上刮金’ / 每一座大山都昂扬着一颗高贵的头颅 / 在苍茫时空大刀阔斧”，也有青海湖、千佛崖、万丈盐桥等宏大的场景，以及楚玛尔河、跑牛河、太阳湖、卓乃湖和雪莲湖等。这些独特的景象、意象，构筑了诗歌宏大寥廓的背景，和独有的雪域高原、大漠孤烟、长河落日的特色，为诗歌营造了强烈的现场感，增强了诗句的感染力。而这苍茫的背景虽然宏阔壮美，如果缺失生命的点化和亮色，只能是背景和陪衬。而活动其中的主角与生存其间的主宰却是诸如“红柳”“胡杨”这些雪域高原的象征植物，或“骆驼”“鸿雁”“雄鹰”“藏羚羊”“兀鹫”等灵性的动物，甚至鲜活弱小的五角枫、野丁香和马兰花这些植物；这种宏大与渺小、坚硬与柔软、永恒与瞬间的对比映衬，渗透着诗人对生命的真实与虚无、坚强与柔弱、清醒与迷茫的深层思考。其间不乏无畏与豪迈：“我们迎着漠风 / 携手走向洪荒 / 去吻别瀚海怜察的一尾胭脂鱼”(《天边的红柳》)；也有迷茫与仓皇：“每一次走近圣湖 / 总是按捺不住内心陡起的波澜 / 无处安身的苍黄，啸聚——/ 蓝的盛宴、蓝的经咒、蓝的火焰”(《青海湖》)；更生出生命短暂自然永恒的迷失和惶恐：“灵魂在水天一色弥散 / 因果在黑与白、虚与实、有与无之间斡旋 / 朝觐者 / 从神迹里鱼贯而出 / 一再俯首，拣起自己的肉身 / 在安详的清虚里走远 / 这一切终将消隐”(《青海湖》);也有生命无常的感叹:“高耸入云的山头/只镌刻佛的眼神和星空的幻象/这个伟大的山口,最不缺少的/就是来来往往的大风/你可以倚着风、顺着风,或者迎着风/拿出你的小,让出你的轻/听任愈来愈清晰的梵呗和法号/勾兑你的意识和思绪/从你的心底取出一点亮/或者静观一场大雪一阵太阳雨/一遍又一遍演示蒙太奇/为六月的雪域高原,和来自远方的你/宣讲无常和轮回”(《昆仑山口》)。面对自然的强大,诗人在对比中对生命的“小”“轻”“弱小”和“无常”有切肤之感,生出无限的悲凉和无奈。而在与宏阔自然的对视中,诗人也幻化成这无边无际、苍凉恢宏的大自然的一部分,融入自然,成就了“万物有灵”“物我化一”的境界。“最好是一个人逡巡于戈壁荒漠/阳光大好,河山大好/旷野无语神乎其神/一朵一朵的云彩来而不往/那时候我正在检阅石头……在一粒沙的尖叫声中/我变成了一块石头/一块沉默良久的石头/一大朵白云像大雁的倩影一样/从头顶飞过/我的灵魂触摸到云影珍藏百年的清凉/那时候/我想唱一支牧歌却唱着云朵的《云朵》/我的歌声总被风声窜改/一曲未了/我已泪流满面。”(《高原,辽阔或者隐喻》)面对大自然的永恒与苍茫浩渺,这种物我两忘、庄生化蝶的迷茫或超脱是暂时的,而对大自然更多的是敬畏、仰望和崇拜。“在青藏高原/你能够抵达的高度并不是鹰的高度/海拔5231米/只是唐古

拉山的一个垭口 / 也许在鹰的眼眸里 / 那是风马运送到山脚的一句经咒 / 那是一个人，恒定的命数 / 也是一个孤独的行者，穷极一生 / 能够抵达的，最后的 / 高度。”（《高度》）诗中也渗透“万物有灵，众生平等”的理念，对“微尘”“沙粒”等微小物质的尊重、悲悯和平等相待，展现了诗人博大仁慈的人文情怀：“据说微尘亦有佛心 / 在你的身后，匆匆赶路的 / 不仅仅是千山暮雪，万丈阳光 / 还有沧浪之水，恒河之沙。”（《千佛崖》）

二、故园深情，高原思念，以“两种目光寻求故乡”，使刻骨铭心的“乡情乡愁”永远在路上。

碧波的诗中一直浸润着浓郁的思乡之情和漂泊的羁旅之感。《雪菊花开》诗中写道：“那一年 / 昆仑山下大雪纷飞 / 少年跨着青骢马 / 去追寻远方的花儿 / 辽阔的高原，冷峻的旷野 / 春风大雅和卷鞘鸢尾，/ 还没有跟上来。”诗中跨青骢马的少年，“扔下石头阵 / 涉过激流滩 / 走进藏羚羊幽邃的眼帘”要去追寻心中的梦想、“远方的花儿”，而这种追寻仿佛永远在路上。诗人在青海格尔木和故乡陕西凤翔之间不停地穿梭奔波，永远有一种羁旅之感、漂泊之感。与久违故乡的疏离，回望中的渐行渐远，又不能完全融入格尔木的迷茫困惑，从而使他不能挣脱游子的情结，超脱于乡情乡愁之外。正如他在《故事的小黄花》中所说，“而我，至今仍在苦行 / 继续用《两种目光寻求故乡》/ 以及真相”。其实，作者状如飘蓬飞絮，

是要追寻故乡的根，在外漂泊已久的他也许生出了杜甫“丛菊两开他日泪，孤舟一系故园心”的离愁别绪、刻骨铭心的思乡之情。“谁的远方 / 何以远方 / 没有一个月夕风晨 / 能够留住这赫赫天罡 / 当精疲力竭的山峦匍匐了身躯 / 原来所谓的远方 / 就是淹留岁月的原乡 / 是你年少时曾经厌离的地方 / 也是如今 / 只能在梦里亲近的故乡。”这种挥之不去，萦绕心头的浓浓思乡之情，渗透贯穿在他的许多诗作中，思念故乡的情愫，魂牵梦萦。诗人写故乡的打碗花，油然忆起儿时乐事，写得清新灵动，回归故里的欢欣油然而生，洋溢于字里行间。“眉清目秀的打碗花 / 有着烟火气息的打碗花 / 小骨头举着哇哩哇啦的小喇叭 / 从我童年的小土坡上 / 一路开下来 / 接我回故乡。”(《打碗花》)

然而，诗人在格尔木生活了三十多个春秋，青藏高原、昆仑祁连、雪线天际、大漠荒寒已经勒刻在他生命的印记里，驻留在他人生的足迹里。奋斗生活过的地方，无论当时怎样的艰难困苦，一旦经历了，再回望思量时，一切都变得温馨，成了温暖美好的记忆。所以，尽管格尔木的自然环境极为恶劣，“栽成一棵树比养活一个娃儿都难”，“黄风一起，整夜地鬼哭狼嚎，屋内充斥了呛鼻的沙尘气息”，“一年四季不分明，一日四季倒常见，一年里差不多只有两个季节，一个是冬季，一个大约在冬季”。即便在三十多年前青南藏北的特大雪灾救援工作中落下腰腿疼的病根，“步履蹒跚，被人弹嫌”，仍然无怨无悔，对第二故乡格尔木充满了挚爱和感恩之情。“我要感恩雄浑的青藏高原，感恩柴达木的高天厚土。是她，磨炼了我的意志，滋养了我的情操，给了我生活的勇气和诗意的情怀。是她，使我了然人生本无常，取舍应有致。山河大地成住坏空，花开花谢并不由我，人的一生是那么得短促，没有必要纠结做成了什么，要紧的是及时觉悟还应该做些什么、在意些什么。”

诗人以“两种目光寻求故乡”。当他“少小离家老大回”，终于回到生他养他的故土时，另一个留下他青春峥嵘岁月和奋斗汗水的故乡格尔木，却扎根在心里，痛彻思念，在梦中浮现，萦绕纠结，挥之不去。“我也想念昆仑山啊！/想念山上坐看白云的石头/想念山下追逐河流的石头/我的庭院还没有一块像样的石头/千里之外/我的老胳膊老腿不争气/只能运动一些乖巧的石头/一些石头庇护下的石头/一些包藏石头的石头/一些肤如凝脂心不可测的石头/还有雌了石头的石头/当然，/都是小小的石头/如果今夜/我的梦借得太公望软硬兼施的拂尘/只那么轻轻地一挥/明早醒来/石榴树下便有了一块——/神似昆仑山的天意之石/收留有格桑花的玄思/镌刻着苍狼和野牦牛的低吼/那样的话/我遥远的耳朵/将会同时收听到两种声音/一种是高原上空/群星亮晶晶湿淋淋的呼吸/一种是昆仑山下/荒原

沉雄而神性的叹息。”诗人被两个故乡牵绊，他被思念的情愫困扰纠结，他刻骨铭心的思乡之情，永远在路上，在追寻和思量中，在时光和空间里无限放逐，在此地却怅望他乡，在他乡仍然思念牵挂故园，“才下眉头，却上心头”。

三、题材广泛，内容丰富，风格多元，成就了诗歌内涵的饱满厚重。

碧波的诗，体现出题材的广泛性，内容的丰富性和风格的多元化。这些鲜明的特色，来自于他对现实世界万事万物，目之所及、心之所感、脑之所思，都可以投射于人的内心和情感深处，都可以酝酿成诗的一种清醒认知和自觉追求。他在《独白》一诗中写道：“我相信——/热情与冷静/绕枝鹊影和云间鹤唳/都是‘诗的粮食，诗的薪火’/我相信——/诗，是缪斯女神给诗人的耳语/诗，是久违的一声春雷/如‘高山放石，一去不回’。”于是作者调动细微之察、敏锐之感、哲理之思、优美之文，调动了雪域高原上的山峰、河流、冰川、雪莲、格桑花、藏羚羊、雄鹰、秃鹫以及凤翔老家的云雀、麻雀、蛐蛐、豆荚、打碗花等等，在他满是诗情画意的笔下集合，排列成或整体或参差的诗行，其中有厉风裂云的粗犷豪放，也有轻拨慢捻的清新灵秀，忽如“关西大汉执铁绰板，唱大江东去”，忽若“十七八女郎，执红牙拍，歌杨柳岸、晓风残月”。不同风格的调节转换，成就了他诗歌内容的丰富多彩、内涵的饱满厚重。

作者淡泊名利的超脱，不被功利羁绊的自由写作状态，也成就了他作品的收放自如、举重若轻，心灵的无拘无束、放松自在，从而使他的诗作灵动多姿。他曾说："好在我自己是自由写作，不被名利牵绊，只把写诗当修行。对自己的要求是：秉承独立之人格，自由之精神，不执迷，不盲从，不浮躁；有敬畏，有良知，有情怀。"

诗集中第一篇"天边的红柳"和第三篇"故事的小黄花"主要书写的是青藏高原格尔木的风光和边塞风情，而第二辑"月光小城"和第四辑"沧浪桥上"则主要写的是诗人回到故乡凤翔古城的所见所闻、所感所思和所想所念。而写雪域高原的生活，多采用的是粗犷豪放、凌厉冷峻的笔法，粗笔勾勒，大写意、粗线条，在旷袤的大漠、群山、荒寒的背景中，推出独特异质的景物和意象，"红柳""胡杨""雪山""大漠""雄鹰""秃鹫""藏羚羊""野驴""冰河""石头""草原""骆驼""海子""湖泊""盐桥"等等大自然造化之功所构筑的边地风景和独特意象，形成了鲜明的地域特色，以及强烈的表现力和视觉冲击力。他的诗句意象豪迈而大气："头枕山神的口弦 / 任飞瀑流泻的宫商，和 / 伊人明晰的呼吸 / 抬举我的灵与肉 / 很高，也很轻。"（《夜宿鹿仁村》）色彩斑斓丰富，意象独特："一棵兀立荒原的树 / 一棵顶天立地的树 / 戈壁碣石的一声曼啸 / 绿焰的惊悚 / 云水的脚本 /

挂满了阳光、月亮和星星的眼睛／还有我／一次次擦肩而过时／彳亍的眼神”（《荒原上的一棵树》）；“我在可可西里的冰川旁／曾经看见一只鹰／高高地嵌在虚无中／就像美丽少女绣在蓝丝绸上的图腾／不鸣也不动／时光是静止的／空气是静止的／我和野牦牛的眼神／也是静止的”（《高原上空的鹰》）。这些诗句的意象不仅新颖独特，而且从感觉生发，却又并不拘泥于感知层面，而是上升到了理性的、思辨的、哲学的、生命的深度和高度。其中有对生活的深层解构和重塑，有对生命的体验与认识，有对人生的感知和体悟，有迷茫、有觉醒、有呐喊、有警醒；由此，诗人的知识积淀、文学素养、文化修为可以略见一斑。诗人阅读之丰富、知识之广博、认识之深刻和思想之深邃，都令人叹服。而诗人思想的闪电，一旦击中读者情感、思想的共鸣点，便能引起广泛的共鸣和回响。

四、语言是思想的外衣，粗犷豪放、凌厉冷峻与明丽多彩、清新细腻相得益彰，增强了语言的张力和内涵。

诗历来被誉为文学皇冠上的明珠，写诗之难，既在诗意的构思，也在于语言的表现。诗意的创造、诗味的增强，都依赖于诗化的语言。诗的语言既要简洁凝练，又要言简意丰；既要高度概括，又要灵动、富有质感和形象生动。常言道诗人是天生的，诗人的激情、诗人的气质和诗人对语言的敏感把握和灵动运用，语言的质感、张力和个性风格，既需要天赋，也往往得益于早年的熏陶和培养。莫言曾说："如果一个人在青少年时期，没有培养对语言文字的感受力，那么他一辈子对语言的运用就会先天不足。"

碧波显然有语言上的天赋和后天的造诣。诗人写雪域高原所采用的语言，风格冷峻凌厉，想象奇崛大胆、新颖别致，却"羚羊挂角"，"不着一字，尽得风流"。"绿焰的惊悚 / 云水的脚本 / 挂满了阳光、月亮和星星的眼睛"（《荒原上的一棵树》）；"我和野牦牛的眼神 / 也是静止的"（《高原上空的鹰》）；"格尔木偏西的荒原 / 阳光给斑驳的意念打上青铜 / 时间在这里停歇发凉的脚印 / 大风一次次经过 / 轰隆隆的云朵，以雅为骨 / 修复伊人的怀忆"（《西部雅丹》）；"摁倒夏日阳光的呐喊 / 云里雾里都是清风和雨露的誓言 / 湍急的风声，流转的风水 / 前世未曾发芽的一个个悬念 / 看风景的人不在路上 / 谁将尘世的小路斜挂于云端上 /（《达坂山上》）"：这些语言营造出了浓烈的诗情画意和深邃高远的意境，增强了诗歌内容的厚重感和内涵的丰富性。

白居易曾提出"文章合为时而著，歌诗合为事而作"的诗歌写作宗旨，他强调的是作者的时代责任感和担当意识。碧波曾坦言不为名、也不为利而创作，他秉持"独立之精神，自由之思想"，视写作为一种修行，追求自己高洁的人格、思想的自由、人生境界的至纯至美。这在

当下物化的世界里，在“天下熙熙皆为利往，天下攘攘皆为利往”的功利氛围里显得尤为珍贵和难得。树立自己的人生高标，追求精神世界的丰盈，这一切，通过创作的诗歌传达和表现出来，感染和熏陶读者，这本身就是一个引领和影响，值得称道。

当然，诗歌需要诗人和读者共同来完成。诗人引发、触动读者情感的共鸣点，从而使读者通过文本与作者达到情感共鸣、思维共振、心灵沟通，所以诗歌语言表现出的思维的缜密和跳跃同等重要，需要思维的留白，细腻处“密不透风”，粗疏时“疏可跑马”，一直粗疏或一直绵密都会失之偏颇，需要疏密兼顾，相得益彰，给读者留下想象、思考的空间。

总之，阅读优美的诗句，实在是一种美的享受和心灵的洗礼，如沐春风，如逢甘霖，可以雪澡精神，化育心灵。阅读的过程，就是与睿智者思想情感的一次不期而遇，必然会有出乎意料的收获。文本中有作者丰富的人生阅历、广博的知识，对优美景物的诗意描绘，对生活现象拨云见日的真知灼见，对人生的深邃思考、别样的感受理解，对生命真谛的执着追寻叩问，这些无疑丰富了我们的阅读体验，也丰富了我们的人生阅历，令我们从中汲取思想的雨露，获得精神的滋养。常言道“有奇书读胜看花，得好友来如对月”，读同窗好友的佳作，便是一举两得的双重享受了。

最后，祝愿碧波兄的诗集《雪菊花开》早日付梓，惠泽更多的读者。

万敏杰

2019 年 1 月 10 日于汉中

（万敏杰：陕西省作协会员，汉中市作协副秘书长，汉中市评论家协会常务理事。至今已发表有散文、小说、诗歌等多篇。）

图书在版编目（CIP）数据

雪菊花开 / 宋碧波著 . -- 秦皇岛：燕山大学出版社；北京：社会科学文献出版社，2019.12（2026.1重印）

ISBN 978-7-81142-856-8

Ⅰ . ①雪…　Ⅱ . ①宋…　Ⅲ . ①诗集 - 中国 - 当代　Ⅳ . ① I227

中国版本图书馆 CIP 数据核字（2019）第 156365 号

雪菊花开

著　　者 / 宋碧波

出 版 人 / 陈　玉
责任编辑 / 柯亚莉　李艳芳

出　　版 / 燕山大学出版社
地址：河北省秦皇岛市河北大街西段 438号
社会科学文献出版社
地址：北京市北三环中路甲 29 号院华龙大厦
经　　销 / 全国新华书店
印　　装 / 廊坊市印艺阁数字科技有限公司

规　　格 / 开本：787mm × 1092mm　1/16
印张：14.75　字数：130 千字
版　　次 / 2019 年 12 月第 1 版　2026年 1月第 3 次印刷
书　　号 / ISBN 978-7-81142-856-8
定　　价 / 58.00 元

如发生印刷、装订质量问题，读者可与出版社联系调换
联系电话：0335-8387718